扫码观看视频

东江湖传

王琼华 著

CNS PUBLISHING & MEDIA
湖南电子音像出版社 · 长沙
Hunan Electronic And Audio-visual Publishing House

东江湖©曹广文 摄

目　录

第一章
造湖记 001
ZAOHUJI

第二章
匿迹记 049
NIJIJI

第三章
念人记 077
NIANRENJI

第四章
访古记 117
FANGGUJI

第五章
跋山记 155
BASHANJI

CONTENTS

第六章
啖食记 177
DANSHIJI

第七章
得趣记 203
DEQUJI

第八章
拍雾记 225
PAIWUJI

第九章
读书记 243
DUSHUJI

第十章
打卡记 275
DAKAJI

后　记 293

第一章

东江大坝© 曹广文 摄

造湖记

ZAO HU JI

一坝锁东江，万千气象聚湖中。

湖中倒影览群山，细雨平添碧水寒。
水岛轻舟迎客至，老枝新叶报春还。
坝前犹忆漓江秀，峰转顿知天地宽。
仙境原来非梦幻，随风飘落在人间。

厉以宁来到东江湖。

时逢细雨霏霏，远天如烟。湖面依然波平如镜。又一群白鹭“扑啦啦”飞过，渐渐隐入水天交接处。

这时，厉以宁正站在一艘游艇上，凝视远山近水。

也许，他正向山上每一棵树、水中每一座小岛、湖里每一朵浪花深情地行注目礼。过了许久，他吁出一口气：“太美了，却来之不易，值得永世珍藏。”一湖好景，厉以宁受之许多触动。回到市区宾馆，他有感而发，情不自禁写下了这首诗。

东江湖，位于湖南省郴州市东北部的资兴市境内。它是在南岭和罗霄山脉南部（八面山和诸广山）合围中的一个湖，也是耒水源头之一。东江湖总面积160平方公里，平均水深51米，最深处达157米，蓄水量81.2亿立方米，相当于半个洞庭湖的蓄水量，素有“湘南洞庭”的美称。

它正在成为世界旅游者一个目的地。

《人民日报·海外版》报道称，这里是“人间天上一湖水，万千景象在其中”。而纷至沓来的游客则惊呼：“一坝锁东江，高峡出平湖。”

东江湖当然可以容纳世界上所有美丽辞藻。它的“出生”，以及它的“成长”过程，却更让世人可以为之动容。东江湖不是天生的，它是一座人间自造却宛如仙境的湖泊。但它早已不是简单的一湖水，它拥有满满的一湖故事。故事的主人公便是东江湖畔的居民以及当年大坝的建设者，还有它的守护者，以及慕名而来的游客。

一

1987年3月6日，时任国务院副总理的李鹏来到东江水电站建设工地视察。

他作为电力专家，莫斯科动力学院水力发电系的毕业生，水力发电领域的高级工程师，同时是我国电力工业的杰出领导人，对东江水电站建设的历史进程了如指掌。

而看到热火朝天的工地，李鹏露着满脸笑容。

来之不易！

《资兴市志》载：“东江水电站位于东江河上游镰刀湾峡谷处。”顾名思义，这镰刀湾是一个要害之处。

民国二十九年（1940），湖南省政府规划在资兴县东江河段修建水电站。次年，扬子江水利委员会湘桂水道工程处，特派专员抵达资兴勘察设计，想利用“三泷十二浪”的落差，在上游筑坝引水发电。

这里先说一说“三泷十二浪”。

名称特别，且形象。当时，兜率岩前是两股水汇合之处。一是从汝城方向流经滁口的浙水，二是与桂东方向流经坪石、白廊的资兴江，两股水像两条蛟龙，蜿蜒盘旋而来。两水汇合口处，即椭圆形状的大石岛旁，蓦然形成了一道二龙戏珠的神奇景象。而且在险峻湍急的河床上，也有多个滩口，落差很大，加之河床巨石横卧，便形成了十二股水浪，极像从三条矫健的水龙口中吐出，故得名“三泷十二浪”。当地人也称之为“三滩十二浪”。

此地区的名称叫梧洞台山。

湘桂水道工程处几易其稿，终于呈上《湖南东江三垅十二浪水力查勘报告》。报告中建议，可利用本河段的落差，在其上游筑坝引水发电，设计装机容量为2万千瓦。

但这项设想一直搁置。

唯一变化是于1942年设立了东江水文站，站址位于原东江镇。

抑或，它算是给了这块土地上一次小小的触动。

1958年春，国家决定兴修东江水电站。是年6月，东江纳入了耒水流域开发第一期工程。国家水力发电建设总局与湖南省水利厅、武汉水力发电设计院人员，陪同苏联专家尤里诺夫·康特拉章到东江实地考察，绘制了东江水电建设蓝图，这也标志着工程开始施工。两年间，建设者们完成了大板溪和楠木峡小水电站、大坝两岸20余公里的路基、镰刀湾吊索桥及部分土石方工程。

历史又到了一个意想不到的转折点。

苏联撕毁援助建设东江水电站的协议，不仅撤走专家组，也带走了设计方案和技术资料。在离开东江时，专家耸动高鼻子预言，没有苏联人的帮助，东江电站永远建成不了。

但中国技术员毅然迈出了新的一步。

1960年7月，武汉水力发电设计院提出《耒水东江水利枢纽初步设计要点报告》，经国家电力工业部审查批准。10月，东江水电站恢复动工。

1961年，中央作出了缩短基本建设战线的决定。东江大坝停建。

逝者如斯夫。眨眼，东江峡谷沉寂了十七年。

但这十七年间，它并没有被完全遗忘。得天独厚的地质条件，可预见的建成后将带来的巨大综合效益，东江峡谷仍然时刻吸引着决策者关注。随着经济发展，湖南电网以及华中地区对电能的需求越来越大，调峰问题也日益尖锐。在这种背景下，建设东江大坝重新提上了议事日程。

它注定是一个创造奇迹的地方！

1976年，一个难以忘怀的年份，不仅仅是因为人们对东江大坝的期盼。

这一年，湖南省报获国家计委批准，将东江水电站建设工程列为国家“五五”计划建设项目。

也是在这一年，国家水利电力部三三〇设计院兵分两路，悄然抵达资兴。他们同步对东江水电站进行基建勘测与设计。很快，设计院拿出了《东江水电站初步设计报告》。同时，针对大坝蓄水位高度、建重力坝还是薄拱坝、移民安置方针与去向等问题，一系列专题会议紧锣密鼓地在长沙、郴州召开。经过反复讨论，反复论证，最终确定它属一处全国最好的拱坝坝址。

第二年，东江水电站工程设计方案，经全国优秀工程勘测设计委员会评定，获“全国优秀工程设计金质奖”。

万事开头难，东江水电站的建设却漂亮地打出了第一“拳”，而且极为精彩。

有位老东江建设者就说：“这是好兆头！”

1978年3月，又一个值得历史记载的月份。或者说，成功的帷幕从这一刻徐徐拉开。

东江两岸绿◎“爱郴州”公众号供图

国家建委、水电部八局、省水电工程局与省水电设计院等单位携手，招兵买马，从全国各地调来强大力量，组成一支1.8万人的建设队伍，浩浩荡荡入驻东江。人们期待几十年的镰刀湾第一声炮终于响了。之后，东江峡谷里人声鼎沸、机器轰鸣，东江水电站全面开工复建。

如今站在山头远眺大坝，大坝背面是蓄水量81.2亿立方米的东江湖，大坝双肩呈弧形插入山体，两者浑然一体。

它是一种智慧标志。

“双曲薄壳拱坝的设计，它利用了坝址处的花岗岩，坝体插入山体，山体由此分担大部分的压力；拱坝设计让坝体受力均匀，既节省了工程用料、时间与人力，大坝安全系数又大幅提高。”时任水电八局一处党委书记廖开书说，“当时那些勘探设计人员真是了不起！”

要让大坝插入山体，又不过度破坏山体，而且不得让山体稳固性受到丝毫影响，爆破技术也就成了一次高难度挑战。

建设者们迎难而上。

在当年遗留的爆破点，壁面切口轮廓依旧清晰整齐。

时任开挖队长的张七斤介绍：“当年30万立方米的花岗岩，就像切豆腐块一样被一块块切削下来。”

其实，一切没那么简单。

大坝选址刚好属花岗岩结构。如何在大规模花岗岩区域实行大面积预裂爆破，国内尚无先例。万善仁，这位五短身材、壮实黝黑的男子刚过而立之年，带领一个试验小组进行试验爆破。他吃住在现场，反复试验，反复计算，终于获得大面积预裂爆破试验的成功。东江工程预裂爆破的成功，不仅获得专家们阵阵赞誉、高度评价，还被作为一项重大科研成果列入《全国水力发电年鉴》，其经验在许多工程中被推广使用。后来，万善仁积劳成疾，英年早逝。

他们面临的挑战频频出现。初期浇筑时，部分混凝土出现大大小小的裂缝，一共有136条。一个骇人的数字！工程当即受阻。

时任八局总工程师的谭靖夷院士主动请缨，带领攻关小组，迅速解剖分析裂缝坝块，反复研究与试验。很快，他提出“全年温控”的方案，同时研制出“粒状泡沫塑料保湿被”方法，大面积覆盖坝体。当这项方案落地时，大坝混凝土浇筑合格率达到了100%。又一个技术突破！

在勘探设计、修路架线、截流围堰、爆破开挖、坝体浇铸、关闸蓄水等过程中，建设者们先后攻克了拱坝体型体、坝体应力、坝肩稳定、混凝土温控、坝基开挖、滑雪道漏泄等一系列难题。同时，改进和创造了二级洞偏心铰弧形闸门、“一条龙”浇筑全面机械化等100多项工艺。其中7项科技成果获得国家水利部及湖南省的嘉奖，“预裂爆破”等成功经验在全国水电系统推广应用。双曲薄壳拱坝的工程设计更是荣获全国第五届优秀设计金奖。

金奖沉甸甸，它是对智慧与勇气的褒扬。

当时工地上一位负责人说：“巍巍东江大坝，凝聚着工程技术人员的心血，更拌和着职工群众的辛勤汗水。”

童彪，在水电站线干了三十个年头，当时担任东江工地前线副总调度。

1978年12月，他突然接到家里电报，妻子忽患重病。他赶到长沙将妻子送进医院。他妻子也是一个“老水电”，见丈夫坐立不安，便知道是担心工程进度耽误施工季节。于是，妻子劝他回工地。他望着妻子苍白而消瘦的脸，眼里含着泪水安慰妻子：“你安心养病，我去工地安排一下就回来照顾你。”待他风风火火赶到工地，却传来了妻子去世的噩耗。那一刻，他捧脸大哭。

水泥粉煤青年包运队的司机戴复黔，一个非常标致的小伙子。他来自天府之国四川，家乡有他慈爱的父母，也有他青梅竹马的恋人。他的女友在3个月内向小戴发出了7封信，竟没有收到他一个字回音。女友悬着一颗心，也窝着一腔火，千里迢迢赶到东江。她要找小戴“算帐”，而且有了“大不了吹”的念头。

但当她来到东江大坝工地，一见到戴复黔，一下子就哽咽了。这哪里是两年前那个英俊潇洒的小伙子？他黑了、瘦了，胡子拉碴。她埋怨小戴怎么不给她回信，小戴将一把信递给女友。女友这才明白，这位已经成为“全国新长征突出队员”的小伙子，哪怕写好了情书，也没法抽时间上邮局寄信……离开东江时，女友跟小戴留了一句话：“别写信了，我会在家里等你回来。”

电焊工邓玉林，到医院检查眼疾，才知道右眼已经失明，左眼的视力也只有0.3。强弧光的刺激，一定程度上会损伤电焊工的眼睛。但邓玉林眼睛几乎失明，却是罕见的，足见他在东江大坝工地是怎样一个“拼命三郎”。

“眼要瞎，也得等我焊完最后一根焊条！”邓玉林怎么也不肯离开工地。

建设者的辛勤付出，使得整个施工进度一往无前。

1980年11月完成截流。

1986年8月2日关闸蓄水。

1987年10月31日，也就是李鹏副总理视察工地几个月之后，东江水电站第一台发电机组正式发电。湖南省委书记毛致用、省长熊清泉分别题词祝贺。毛致用的题词：“洞庭落东江，电龙越三湘。”熊清泉题词：“斩断东江水，湘南出洞庭；电网城乡架，工农齐欢呼。”

东江大坝建设现场（资料图）

①变压器安装（资料图）
②东江大坝浇筑现场（资料图）
③正在建设中的东江大坝（资料图）

湖南省副省长陈邦柱参加了发电庆典仪式并剪彩。

1988年7月2日和12月30日，第二台与第三台发电机组先后并网发电。

1989年4月23日，第四台发电机组并网发电。

1992年12月31日竣工。

当年，这里拥有亚洲第一、世界第二，第一座由我国自行设计和施工的双曲薄壳拱坝——东江大坝。

我从《资兴市志》中查找到一组数字：东江水电建设历时13年，总计完成土石方开挖量515万立方米，砌石22万立方米，浇筑混凝土181.95万立方米，基础固结灌浆7.7万平方米，帷幕灌浆5.33万平方米，共耗水泥48万吨、钢材10.57万吨、木材9.3万立方米（不含移民用材）。至1990年，国家对东江水电建设工程投资11亿元。《资兴市志》同时记载：电站先后安装4台发电机组，每台12.5万千瓦，总容量50万千瓦，年发电量13.2亿千瓦时。

而在这块土地上，也随之有了一座东江湖。

那是何等的威风，何等的自豪！

二

5.73万亩，是东江水库被淹没的耕地面积。5.35万人，是移民人数。这块土地，这方山水，特别是几万名移民，为东江水电站建设作出了巨大的牺牲。

当时那场“移民”的号召，其实就是让当地老百姓“背井离乡”的一纸命令。

村民变成“移民”，这不仅仅是一个身份的简单更换。于是，一幕又一幕的场景催人泪下，揪心，紧跟着就是感动。

而主角，就是突然变成“移民”的广大村民!

南桥刘家，全村几百口人，他们将全部移民到高码乡。

7月的一个晚上，十几辆装满家具、衣物的卡车整齐地停放在村子中间的空坪里。这一晚，全村老少通宵不睡。他们知道自己将永远离开这里熟悉的一砖一瓦，一草一木。

一位八十九岁的老人流着眼泪说：“我们村是资兴刘姓发源地。可眼前连刘氏公祠也要拆了。”

祠堂，一个家族至高无上的地方。

村民们跪在往日安放祖宗灵位的祠堂内拜祭先灵。之后，在祠堂及已经被拆的房屋边缓缓绕上一圈，又绕一圈。一直绕到天亮。在场的工作人员见此情景，万千唏嘘。但问及村民搬迁有什么困难时，他们一个跟着一个摇头。唯有一村民忍不住问了一句：“我们以后要坐船烧纸钱吧。”接着，一阵哭声。更多的人用手紧紧捂着自己的嘴巴。

故土难离。但在国家决策跟前，他们无条件服从，甚至创造条件，早日移民。

旧市江口旁，有一支由两个自然村建成的生产队，50多户，200余口人。

其中一个自然村，叫珠坪。

很多亲睦人记得，这两个村子皆是依山又傍水。清澈见底的东江河从它们村前流过，孩子们常到河里捕鱼。大人则在河上放木排，一直把木排放送到衡阳、湘潭、长沙等地。沿河两岸，有一大片肥沃的土地种水稻。一位老移民回忆说，老家那一大片田土真肥嘞，双季稻亩产可达到1500斤。也种些黄豆、苞谷与花生。水旱无忧，十年九丰。山上有数千余亩翠竹，以及一大片茶林。村民们上山采春笋或冬笋，就像赶圩一样热闹。至今，仍有老移民记得，每家每年仅茶油就能榨出几十百把斤。凭着优越的自然条件，吃穿不愁。所以当地流行一句俗话：妹子嫁人嫁珠坪。

这样富庶的家园，要搬迁出去，确是难舍难离！

“难舍也得搬，难离也得走。”袁在彬当时说过这么一句话。

作为大队书记的袁在彬想，珠坪应该带这个头。因为他就住在这一自然村。他是一个六口之家，如果自己第一个搬出去，哪怕群众再舍不得离开故土，也会跟着做的。那时候，“村看村，户看户，群众看干部”，这真不是一句空话。所以，袁在彬在村民会上宣布：“我今天表个态，袁在彬第一个搬迁！”村里群众的目光，忽地落到他身上。很快，他们纷纷响应，着手搬迁。但万事俱备，只差通道。平时，珠坪人到对岸劳作，都是划着小木船过河的。全村要想连人带物整体并迅速搬迁出去，没有桥是行不通的。袁在彬日思夜想，满脑子总是“桥”的影子。这么宽的河面上要架一座木桥，谈何容易呢？一个下午，袁在彬正在江边劳作，突然看到从上游漂来一队木排。猛地，他大脑有了一个念头：不妨用几个木排在河面固定相连，由此架

2020年1月16日，湖南资兴，当地春晚上的节目《东江湖记忆》中，库区移民望着逐渐被淹没的家乡。

2019年2月6日，库区后靠移民的资兴市滁口镇长活村，村民乘坐三轮车出行。过去卖橘子靠肩挑手提，近几年，随着收入提高、当地道路条件改善，许多村民买了三轮车。

2021年10月3日，资兴市滁口镇大江村金斗塘组，53岁的黄文茂和陈安杰夫妇展示自家种植的橘子。这个村民组的部分田地被淹。村民黄文茂曾因意外失去右手，2014年成为建档立卡贫困户。在扶贫政策的帮扶下，他开荒地种水果，和村里另一名贫困户陈安杰"搭伙"扩大生产规模，一同脱贫并"脱单"。

东江移民记事

陈雄鹰 摄影　小 微 写文

2007年11月，湖南省资兴市白廊镇布田村（原塘下村）张家湾最背塘，张孝和与妻子回到已被东江湖水淹没的老家，父辈的坟墓没有迁出，他们在湖边祭奠先人。1986年，随着东江水电站完工，东江湖形成，资兴全市1/5的耕地被淹没，近6万人举家搬迁。

今年国庆假期，湖南省资兴市东江湖边，举着手机拍摄的游客摩肩接踵，有游客在现场视频里调侃，甚至走不了"回头路"。在网红博主聚集的社交平台上，每年夏秋出现的"雾漫小东江"景观成了6000多篇笔记的主角，关于东江湖的精美图文、视频则数以万计。

1986年，随着国家重点水利工程东江水电站的完工，奔腾的东江被拦腰截断，形成总面积160平方公里的东江湖。资兴全市1/5的耕地被淹，1/4的农业人口需要安置，近6万人举家搬迁。水位以下的沿湖乡镇均后靠安置或搬迁到指定的地方，居民背井离乡、经历一次或二次移民。

1997年，陈雄鹰来到东江湖畔的资兴原坪石乡财政所工作时，库区移民已在新的家园生活超过10年。东江湖烟波浩渺，这位乡镇干部开始摸索着拍摄库区的风光，24年里，移民的生活轨迹也在这片山水之间逐渐显影。

目前，湖南拥有各类水库13737座，数量为全国之最；各类水库移民400多万人，其中大中型水库农村移民257万多人，超过全国的1/10。今年10月21日，总结"十三五"以来水库移民工作的全国水库移民工作会议就在湖南郴州召开。

在资兴市2020年的春节晚会舞台上，一场背对观众的凝视持续了近1分钟。演员们背着行囊、推着板车，沉默地面向舞台背面的屏幕，看着虚拟的水位逐渐高涨、淹没白墙黑瓦的村庄。舞台上响起朗诵声："沉没了，这祖祖辈辈生存的美好地方……永远地沉没了。"

当地为东江移民建设的博物馆里，这样总结当地人离开故土之后的故事："在肥田沃土（被）淹没后，他们转为种植果树，大家热情高涨，收入逐年提高……"浓缩的历史背后是现实的重重困境：一些后靠安置区域曾是荒山，住房、水电、交通甚至吃饭都成问题。从出行靠"过轮渡，绕山路"到如今水、电、路"三通"，依靠的是35年的奋斗。库区的土地条件不允许开荒种田，经过调研，柑橘、茶叶适应性强，覆盖面大，劳力容量大。如今东江移民通过种植水果、茶叶，捕鱼，有序发展规模农家乐等，人均纯收入由搬迁时的不足200元提高到2020年的18995元。

近年来，科学发展、绿色生态的理念渐成共识。东江湖被列为战略水资源保护地，库区禁伐、厂矿关闭、42.7万平方米网箱退水上岸、生猪养殖退出临湖区域、规范控制库区水果种植和农家游规模……2016年，在东江湖水环境一级保护区内的所有农家游都必须按要求关闭或转型。2020年起，资兴市全面永久性禁止东江湖天然渔业资源生产性捕捞，实行常年禁捕。为了保护"绿水青山"、找到更持久的发展道路，移民们的生产生活方式再次面临巨大改变。如今，接待各地游客的旅馆经营者、游客照片中的"模特"渔夫中，就有当地转产转业的养猪大户、退捕渔民…… 用30多年一次次走出困境、重建生活的库区移民，在乡村振兴的路上继续前行。

左图：2008年2月2日，通往东江大坝的马路结冰，徒步前往大坝码头、准备回乡的东江库区村民在路边休息，和身后结冰的瀑布合影留念。2018年1月，当地遭遇百年难遇的冰冻灾害天气。

右图：2007年10月20日，资兴市清江镇青草村的村民收获蜜桔，等待商贩收购。当地出产的蜜桔在东江湖库区内质量上乘，多数销往外地。

2020年3月8日，资兴市滁口镇高湾村高湾码头，受新冠肺炎疫情影响，所有人出门都戴着口罩。库区内4个乡镇内靠摆渡船连接，离开库区也需乘客船。

2007年10月20日　资兴市清江镇青草村，东江湖畔的外来游客。当地上世纪80年代就开始了旅游开发，为移民带来了发展机遇。

2020年5月1日，资兴市东江湖长盈头码头，渔民将登记、核对过相关信息的铁皮渔船集中后拆[illegible]2020年起，当地全面永久性禁止东江湖天然渔业资源生产性捕捞，实行常年禁捕。

社址：北京海运仓2号　邮政编码：100702　电报挂号：5401　国内统一连续出版物号CN 11—0061　邮发代号1—9　报价：每月33元　零售：每份1.8元　广告许可证：京东工商广登字20170074号　客户订阅电话：11185　中国邮政报刊在线订阅网址：BK.11185

《中国青年报》报道东江湖移民相关事迹

成一座浮桥！架设浮桥正式动工。村民们分两批人马进行，一部分村民上山砍杉条，一部分村民在岸边编扎木排和选址拉钢索。经过半个月日夜奋战，一座长100米、宽约2.5米，由两条钢索牵拉的木排浮桥，终于成功连接两岸。虽说这一浮桥不能通行汽车和拖拉机，但可过板车。只要一上岸，即可与公路连通。珠坪50多户村民就是利用这座简易浮桥，短时间内全部把家搬到了香花乡移民新居。

后来，有记者问珠坪村民："你们怎么不跟政府提要求呢？"

村民说："那么大的工程，政府的事还少吗？搬个家也不是要让男人生个崽出来！"

听到村民这般回答，袁在彬笑了，也有点惭愧和内疚，自己好像小看了村民。

袁在彬拍拍身上的灰尘，又去别的生产队忙碌。

他当然没忘记，自己还是大队书记。

布田村李汉南的脑海里时不时会浮现一个场景：8月10日，他是最后离开布田的一户人家。之前，他把自己所有精力都用于帮其他村民搬家。当天一大早，他的妻子石桂青去村边水井挑水。李汉南记得，当时家中水缸里的水满满的。但妻子仍去挑了这最后的一担水。这女人嫁到布田村已经有十一个年头了，每天都要往水井来回三五次。这回，她挑着满满一担水，一步一回头。

她用这担水做完在老家的最后一顿早餐。

那天早上，李汉南喝了点土酒。他特意把驻村的移民工作组同志也邀请来一起吃饭。他举起酒杯说："在这地方，最后一次喝酒了……"话没说完，他哽咽了。

几十年后，那天早上拍的一张照片竟然被李汉南找到了。

但并非自己跟工作组干杯的场景。

当时，李汉南喝下一碗土酒后，眼光忽地落到一堵矮墙上。

原来，墙体上留有当年红军写的一幅标语：“中国工农红军万岁！”落款是“红四军政治部宣”。

李汉南听家里老人说过，当年，朱德的妻子伍若兰担任红四军政治部宣传部长，她带领宣传员在布田房子墙上写下许多革命标语。

而且，红军在村里留下了许多革命故事。

李汉南上前摸摸墙上的标语，刚好看到有个工作人员的脖子上挂着相机，便说：“拍下它吧。日后，我们还想看一看它。”

于是，一张很特殊甚至饱含村民无限深情的照片就留了下。

吃完早饭，准备离去。李汉南却发现妻子仍没出门。他进屋寻找时，看到妻子正在灶屋，燃起纸钱，对着搬空了的灶头，边磕头边叫道：“列祖列宗，灶公灶母，跟我和汉南走吧！这里要建电站了，到新居去，我们都走了。你们，也不要留在这里……”

那一刻，李汉南不想再催促妻子动身。

十几分钟后，妻子才咬咬牙唇，使劲撑起自己的身子。

李汉南一步上前，攥着了妻子的手臂。

7月28日下午5时，渡头乡政府召开的“撤销渡头乡移交、接受大会”刚在鞭炮声中结束。接着，食堂门口敲响开饭钟声。

这是渡头乡政府最后一个晚餐。

当！当！当！这三响，是从一块长型钢轨上发出的。它悬吊在食堂门口横梁上。手里举着铁锤不停敲打钢轨的炊事员何唯一，他在乡政府食堂当了十几年的“大师傅”，也是当地洞头村人。他知道，这是最后一次在老食堂敲响开晚饭的“钟”。他用尽力气，不停敲打，几乎要让这“钟”声响彻屋宇。

饭厅摆了9桌酒席。那天用餐人数有70多人，包括司机和食堂杂

2020年1月16日，湖南资兴，当地春晚上的节目《东江湖记忆》中，库区移民望着逐渐被淹没的家乡◎ 陈雄鹰 摄

勤人员。何唯一印象深刻。这时，大搬迁接近尾声，渡头墟场也早已拆除。何唯一和食堂同事知道，这是一顿很特殊的晚餐，即便菜不丰富，也摆了十大碗。当地农村办喜酒有这么一种习俗。何唯一后来回忆说，那餐晚饭上了点酒。每桌2瓶资兴酒厂生产的“清塘”酒、4瓶资兴啤酒厂生产的啤酒。怕有人喝醉，同时，财产分配清册中就只列

有这么一个数量，便宣布喝完后再没有多余的酒余。

喝酒时，当时来渡头乡主持撤销工作的欧资海特意跟每一桌敬酒。他走到瑛玗村支书李显兴这一桌敬酒时，问李显兴："你记得《东江渡》这首诗吧。"

《东江渡》作者为李端，明朝人，天顺丁丑（1457）进士。他是渡头人的偶像！

李显兴老老实实说："我只听说过。哪能背出来？"

"我背出来了，你可得罚一壶酒啊。"欧资海当即大声背诵道，"银潢一泻绕东流，野色微茫欲泊头。茅店鸡声人渡月，霞天渔唱柳横舟。片帆烟雨摇千古，两岸莺花伴几秋？何日临流沽一醉，西风长笛倚江楼。"

在大家的叫好声中，李显兴喝下了一碗酒。

那一刻，欧资海真正体会到了"何日临流沽一醉，西风长笛倚江楼"的意境。

所以，他把目光投向了窗外……

偌大的渡头老街，只有乡政府机关大院仍耸立着。它是一座四合大院，红砖、黑瓦。院内绿树成荫，花木繁茂。大院的北面是一幢日本式小洋楼，它是女作家白薇的父亲黄晦从日本留学回来后设计建造的"作品"，四面墙壁呈白色。可以想象，小洋楼当年出现在这条老街时，那是多么风光。

很快，它们也将迎来最后拆毁的时刻。

黄兴国，原旧市乡汉塘村二组村民。在东江水电站闸蓄水前一年，他的父亲去世了。其母亲听说要搬家到外乡去，非常不情愿，便在黄兴国父亲的坟头旁搭建了个棚子，每天穿戴整齐，守在坟头上。老人只喝点水，拒绝饭食。谁来劝说她，她都是回答同一句话：

"活，在这里伴坟头；死，与老倌子埋在一起。"

哪怕工作组同志来做工作，也不见半点效果。

从另一个角度看，它也体现了凡间爱情与婚姻的美好一面。所以，聊及这事，当即带给我几分感动。

在城里工作的大儿子知道母亲的脾气，特意带着一辆车子回到汉塘村，跟老母亲说，接她去城里住上一段时间。磨了好久嘴皮，老母亲才下山并上了车。但车子刚开出一段路，老母亲突然称自己得下车上个厕所。结果家人等了很久，也不见老母亲回来。人们下车找了几个来回，仍未寻见到老母亲的身影。有人即猜，老人又去坟山了吧。这里离坟山也有好几里地，大儿子说老母亲走不了那么远。不过，他们很快傻眼了。他们匆匆忙忙爬上山时，远远就看见老人家正跪在坟头前。家人们只好七手八脚抬着老人家下山。上车后，老母亲紧紧抓着手里的一把泥土，头往车上撞，嚎啕大哭："我不走，我要跟你爸死活在一堆。"事后，黄兴国常说老母亲就是被儿孙们"绑架"离开家园的。说到这事，黄兴国一直深感内疚。

另一个村民说，他的父亲搬到新址后，三天没吃一粒米，只好把他抬到卫生院打吊水。而他父亲正流着泪水……

也许，李宙南目睹了很多类似的场景，才情不自禁写下了一篇文章，题目叫《英雄的村庄沉没前夕》。他是当地文化名人，文中许多章节让他一辈子难以忘怀。刚才提及过的李汉南就是这篇文章的主人公。

后来，这篇文章获了不少奖。李宙南说，每一项奖都是颁给移民的！

那些年，村支部刚刚带领村民走上了科技致富的路子。村里也有了10多万元集体积累。眼前要移民了，这些钱会流到哪里去？干部们会不会把它侵吞呢？村民们的眼睛齐刷刷盯住村干部。

东江大坝航拍图◎曹广文 摄

当时的李汉南才35岁，便已经担任了布田村支部书记。其实为这事，他早早开了支委会。他说："这些钱，是布田人的血汗。账目要清清楚楚向群众交代。布田村消逝之前，这笔款要拨到群众头上去。村干部要清清白白地走，谁也不许侵吞一分钱，带着污点到新居去！"

随后，研究如何清账。老支书提出："我建议所有支委、村委都回避清账，由各组组长、会计组成清查班子。"大伙赞成。

半个月结束，结果是：账目明明白白，干部干干净净。没哪个村干部挪用私吞一分钱。村民大喜。

紧跟着，召开户主大会。李汉南打开洪亮嗓门宣布："这些钱，全部拨给大家。大搬迁前，每个村民发50元。搬迁收尾，再发46元。余款为在校学生交学费。"村民一片欢呼。

刚刚清完账，另一件大事又压上了支部肩头。

布田村6.5万公斤公粮指标，时至7月下旬只完成一半。或许，村民们此时有了不一样的情绪，于是故意拖延。个别村民还公开嚷道："我们村为国家做的贡献还少吗？最后一年公粮，不交了！"在村民大会上，李汉南脸红脖子粗，高声大喊："布田人从来爱党爱国，你们各自回家问问看，解放三十多年了，谁家欠过国家一两公粮？再过些日子，布田就要沉入湖底了，谁也不要给村子留这个尾巴！再说，布田是一座英雄的村庄。别忘了，我们刚刚在今年清明节为那些给我们赢得好日子而牺牲的烈士扫过墓！"

李汉南这么一说，整个会场鸦雀无声。有村民涨红了脸，把脑袋埋了下去……大会后的第二天，一车车的粮食就运往粮站。全村公粮交足，不欠一两。

为什么李汉南要强调"英雄的村庄"？且之后李宙南给记述移民

故事的文章取了一个“英雄村庄沉没前夕”的名字呢？这里有故事。

民国十七年（1928）八月初四，是布田村历史上最黑暗的一天。当天夜里，国民党军队3000多人突然围剿布田。在熊熊火光中，响起一阵又一阵揪心的枪声。很快，1000多间房屋被烧毁，107名革命干部和群众被集体枪杀。活下来的村民也被全部驱赶他乡，三个月不准回村归家。

布田遭此劫难的原因，就是因当地群众热情接待过红军。

这年7月25日，朱德、陈毅率部队攻打郴州之后，驻扎布田休整了七八天。在这些日子里，村民给红军找住房，护伤员，筹军粮，还一块打土豪。红军离开布田时，朱德紧紧拉着村民赤卫队长黎龙恩的手，很动情地说：“谢谢老乡们。你们给了我们太多的帮助，我们将切记不忘。我们还会回来的！”

红军一走，村庄便遭受了国民党疯狂烧杀。

时至1965年，布田人自己集资建起了革命烈士塔。他们在塔内安放100多名革命烈士的遗骨。其中包括曾任当地县委书记的黎芬，县苏维教参政府主席黎晋文。

每年清明，布田人都会到革命烈士塔前祭扫。

听说整个村子因修大坝要搬迁，布田村党支部当即想到的就是烈士塔。他们作出决定：大搬迁前第一件事就是拆烈士塔，把里面的烈士遗骨搬迁到城里的革命烈士塔中去。这年的清明节，布田人又来到烈士塔前。这是他们最后一次献花圈，最后一次扫墓。接着，他们亲手拆掉烈士塔。每动一块砖，人们心中都要颤动一次。

李宙南在《英雄的村庄沉没前夕》一文中是这般记录当时现场情景的：

“塔层揭开，烈士遗骨露了出来。五星老人跪了下去，党员和群众跪成一片。三炷香烧了起来，三壶酒洒入大地。天空中细细蒙蒙，几只飞鸟从空中悄悄掠过，空旷的大草坪中，一片沉寂。年轻人抬来了木箱，里面垫着红纸。五星对着遗骨拜了三拜，然后语音低沉地说：‘黎芬，晋文，我们给你们迁坟来了……’遗骨一根根放到了箱子里，整个草坪没有一点声息，只偶尔有骨头碰着箱子的响声。五星不断地说：‘轻点，轻点，别惊动他们……’”

于是，我专门请教李宙南，这五星老人是谁？

五星老人在1928年参加入少年先锋队，后参加赤卫队，湘南起义时随革命队伍上了井冈山。他当时亲眼看到朱毛会师握手的情景。这也是他之后几十年最爱聊及的一段往事。后来，他受组织派遣，返回资兴，在龙溪一带打游击。

搬迁后没多久，就在资兴市革命烈士纪念塔前，举行了隆重的布田革命烈士遗骨的安放仪式。所有的搬迁也很快顺利完成。但过了多年，李汉南才将一直悬着的心落了下来。因为搬到新址后，他看到村民们很快找了发家致富的路子。他们有了更多的美好念头。

当然，那时移民的场景永远难以忘却……

2012年10月15日，红网记者张泉森致信时任资兴市委书记陈荣伟，并以网友“东江泉”身份在红网论坛、百度资兴吧发布《建议资兴建设东江湖移民历史博物馆》一帖。帖子称，6万移民为东江水电站这一国家重点工程建设，经历一场史无前例的移民搬迁、家园重建的严峻考验，发扬了舍小家为国家的精神。“移民文化”是资兴一大特色，是区别于其他地方的独特旅游文化资源。资兴应该建设东江湖移民搬迁历史纪念馆，让更多的人了解资兴人民为国家所作的贡献，也让后辈记住前辈们开创美好家园的艰辛与磨难……

此帖迅速被置顶与转发，引发了网民们热议。“支持建设东江湖移民历史博物馆，充分挖掘资兴移民文化！”“支持！资兴移民为国家建设作出了巨大贡献，不应该忘记他们！”“支持建，如果要捐款，我们极力支持。”

陈荣伟收到信后，及时作出批示，明确由资兴市政协牵头，筹备移民文化资料征集、东江移民博物馆建设等相关工作。

2013年4月，资兴市政协主席郑艾萍召集移民、教育、文化、旅游等部门负责人，启动移民文化资料征集工作，并积极筹备“一馆”“一场”“一节”（移民文化纪念馆、移民农产品集贸市场、设立东江移民文化节）的建设。同时，派出考察组赴重庆万州、湖北宜昌等地学习考察移民文化建设的先进经验。

2017年7月7日，东江移民博物馆在资兴市东江湾顺利建成开馆。

博物馆内墙上有一张照片显示：一位老奶奶面朝一座老屋，跪在地上，双手捧着一把黄土。馆长何林雄跟我介绍：“在旧市村庄淹没前夕，老奶奶跟祖屋下跪磕头。在这间屋子，她住了七十几年。这老屋也住过她们家四代人。她捧着这把黄土，离开老家。”他还讲了一个故事，移民博物馆开馆时，一位老者连续五天走进馆里。一待就是一整天，连午餐也不吃，而且一声不吭。闭馆时，才在工作人员提醒下离馆。第五天下午，他终于说了一句话。他指着二楼“旧市老街”模型跟几位游客说：“那时，我就在这间铁铺里学徒打铁。”

何林雄说：“这馆里，珍藏着一馆移民们的乡愁。”他给我提供了一组数字。

东江电站淹没区主要位于资兴、汝城两市县，98%的水面在资兴境内，淹没涉及11个乡、67个村、466个村民小组。淹没良田沃土7.2万亩，林业用地13.7万亩，房屋180万平方米，以及大量的生产生活设施。有专家称，东江湖淹没指数是全国水电站平均数的3倍多。而

2017年7月7日，东江移民博物馆举行开馆仪式（资料图）

且，淹没区人口稠密，交通发达，经济富庶，素有“粮仓、林海、油库、银行”之称。可见，东江湖畔的老百姓当时作出了多大的牺牲。所以说，东江湖是一湖汗水，也是一湖滚烫的泪水。

何林雄还讲了一件往事：那时，徐镇国也目睹过这一切，这位当时承担东江电站设计重任的设计院长极为动容。多年后，他在临终时嘱咐家人将其一部分骨灰撒入东江水库，以慰藉他对东江水库移民的深情。

三

在黄轩的印象中，“东江水电站资兴县移民工作领导小组”是在1977年10月11日决定成立的。后来，他担任这个领导小组的副组长，兼办公室主任。

他回忆称，移民办在成立的第二年，就提出了“全县开花，本县安置为主”的建议。人心都是肉长的，这建议当然充分考虑了移民的感情因素：“金窝银窝不如自己的狗窝”是一个根深蒂固的观念。但从另一个角度看，这也是当地党委政府主动将移民安置这一项最繁重、最复杂的任务，独自承担起来的一个壮举。后来，省政府同意了资兴方案，并正式确定“本县消化，少迁多靠，土为依托，开发致富”的16字移民工作方针。很多移民对象听到这消息，都高兴地拍响了巴掌。

不过，移民们马上有了一个大大的疑问：自己到底要搬到哪去住呢？

原旧市乡船步塘村的移民记得，船步塘村安置点拟定七里茅坪后，乡里干部便组织他们到实地察看。他们见茅坪村前有河，村后有山，左右都是肥沃田土，水利条件和住房也不错，便同意安置到这地方。

移民满意，才是确定搬迁地点的关键。当地一位退休干部说，在这个问题上，我们没半点“讨价还价”的余地。一切要想群众之所想。

原江口村第五组的移民称，最初的计划将他们外迁到蓼市先进村，房屋也已建得差不多，甚至一部分移民也搬进了新居。但大多数村民突然提出新的想法：能否后靠江口长楹头？理由是：如此更利于发展生产。很快，他们的建议得到采纳。现住在长楹头的老移民至今仍很感动地说：“政府不怕麻烦，还让我们实现了愿望。”

这不是唯一突然“变卦”的例子。渡头玦玗村原计划外迁到香花上芬。在上芬，不仅划好了田土山场，也盖成了不少房屋。村民又经一番琢磨，要求变外迁为后靠。他们的心情也在忐忑，担心这个要求得不到批准。没隔几天，他们就接到通知，可以后靠定居。村民们奔走相告，欢呼雀跃。这时，鞭炮声也骤响起来。如今，这个村子成为远近闻名的文明村。村民说：“当年干部尊重我们，如今我们更要爱护干部。”

将心比心，万事顺心。

在移民后靠与外迁前，提早创造搬迁条件，不仅仅是一个大工程，也是一项很系统、又十分压头的工作。

第一批57个安置点、16万平方米的建房任务，被分配到24个接收安置的公社，按照统一的“大寨式新村”图纸，“一百年不土”的要求进行施工。当时，多点发力，多措并举，争分夺秒，全力以赴推进安置房建设。经过施工者冬春两季一番苦干，终于完成了建房任务。

表扬，得到了。所以，建设者们欣慰地揩去自己脸庞上的汗水。但问题也出现了。决策者发现，建房点多、线长、面广，管理跟不上，建房成本也偏高，甚至出现少部分房屋建成以后并没得到移民的认可。

于是，一场调查研究活动紧锣密鼓地开始了。

第二批建房计划下达时，“官包”建房方式就被改为“民包”自建房模式。调查研究之后，作出了这么一个实打实的新决定：移民可以根据自己的要求设计，能土则土，能洋则洋，并且允许施工队伍自己请，建筑材料自己购。同时，鼓励充分利用旧材料和自身劳力。这样不仅降低了建房成本，而且速度快，房屋也适用，最重要的是实现了“让移民满意”的宗旨。

这一举措赢得移民们的喝彩声，很多问题迎刃而解。与此同时，移民安置点的设施配套任务非常繁重，情况也极其复杂。

清江乡政府大院位于海拔350米的山坡上，据乡干部介绍，当时这里的安置条件一点也不理想，最缺的是水。怎么解决缺水问题呢？他们立刻行动，将干部职工和群众组成突击队，开山辟渠，很快引来一股“天河水”。在作为乡政府选址的同时，这个地点也计划安置600多移民。紧跟着，他们抢早建起墟场、学校等基础设施。移民抵达这里时，立刻拥有了一个安居乐业的环境。

环境，一种责任心的体现。查阅资料中发现，移民安置区一共修建1000余公里公路，库区渠道621.5公里，大小水利工程1456处，同时架起电线560多公里。

刘远志当时担任移民办财务材料科科长。

1983年至1990年，这似乎有点漫长的8年间，他一直负责移民材料的指标申报、材料的调拨以及材料的供应工作。

那是一段刻骨铭心的记忆。

计划经济体制下，跑移民材料，也算让刘远志尝尽了酸、甜、苦、辣等滋味。他与同事上北京要材料指标。在火车上，困了只好睡在座位底下，哪怕饿了，也只能买点方便面硬啃。但一下火车，他们就顾不上旅途的疲劳，立即赶往国家水电部。天快黑了，他们才想起要找住宿，最后好不容易找到一个“知青”旅馆——一间住二十几人上下铺的大客房。然而，刘远志感到最沮丧的，是材料指标很难顺利拿到，哪怕在京苦熬几天，也可能空手而归。那天晚上，他脑里忽地一现灵光：怎么不通过全国人大代表提案来解决“指标”问题？

在北京工作的老乡帮助下，他们立即草拟了一份“要求解决移民建筑材料及石油供应指标”的提案，递交给全国人大提案委员会。很快，好消息传下来了。水电部一挥笔，按当时1.8亿元的移民经费拨给材料指标，包括钢材6000吨，水泥50300吨，木材41000立方米。

呵，天上真会掉馅饼？！而且，来得太快太快！真是看用心程度。那一刻，人都有一种飞起来的感觉。刘远志回忆说：“那时候，这真是一个个天文数字哇。都是‘戴帽’下拨的。每个坑都种上了萝卜。我这时候死在北京城里也值了。”

在李鹤南眼里，这么大规模的后靠安置，需要随时掌握群众的情绪。他当时担任郴州地区移民办副主任，也是移民工作主战场中一位“老兵”了，参与过东江库区移民许多实际工作。怎么帮助有困难的群众，是当时稳定大局面的一个关键。

他举过一个例子。珠江桥移民户黄天恩，因外出打工造成双目失明，一家五口生活极度困难。得知这个情况，当地政府便给他家发放了5000元的扶持资金。如今这笔资金放在眼前恐怕不会让人有多少触动，但黄天恩的家人至今仍说：“当时，全家几年攒下的钱也没这么多。”很快，黄天恩在白露塘村集镇上办起了一个饲料加工厂。自家厂子开张那天，黄天恩激动地说：“我能做上老板，不是天恩所赐，是党恩带给我的。”

四

吃过东江梨的游客都夸，这梨特香、特脆、特甜、特爽，风味奇异，令人回味。它之前叫百嘉梨，因其原产地为东江湖畔百嘉村而得名。当年，百嘉村人人种植、家家栽培梨树，于是取其谐音。百嘉梨有悠久的栽培历史。清朝康熙年间便有了好名声。东江湖移民生产开发时，百嘉梨走出百嘉村，走向市场。经过改良后，百嘉梨有股清香四溢的奶油味。有人说，吃这种梨会让人有一种飘然若神仙的感觉，再加上它脆、甜、爽的独特味道，很快在琳琅满目的水果市场占有一席之地。几年后，晶莹剔透、细腻饱满的百嘉梨改称东江梨。或许，因为种植规模不断扩大。但我觉得，梨子易名缘于东江湖，它成了一个当地应运而生的优质水果品牌。

另一种优质水果是清江蜜橘。清江蜜橘是产自资兴市清江乡的特产，以果实大小适中、色泽鲜艳、甜酸适度、口感浓郁尤为有名。为了支持东江水电站的建设，资兴市于20世纪70年代末和80年代初，实施了东江水库移民搬迁，近六万东江水库移民告别故土，后靠和外迁。为解决移民的生产生活问题，资兴市走移民经济开发路子，大力发展以柑橘为主的水果产业。凭借优良的自然条件，通过推行标准化生产，清江蜜橘品质逐年提高，多次获得国家、省农博会金奖。清江蜜橘，早已成为上海、广州、深圳和香港等一线城市超市的“宠儿”。

如今，东江湖库区已摇身变为一座“花果山”。这里盛产特早熟蜜橘、脐橙、椪柑、冰糖橙、杂柑、夏橙等优质水果。东江脐橙被全国农业食品展销会评为金奖时，时任国务院总理的李鹏把它称为“东江红皮脐橙”。

与此同时，清江乡摇身一变，成了东江湖库区一处休闲避暑胜地。这里地理位置优越，生态环境优美，境内湖光山色，岛屿密布，风景秀丽。在东江湖这一角落就聚集旅游、观光、漫步、采摘、品果、垂钓于一体的农家休闲游几十家。黄草与白廊更是成为两大特色小镇，它们都是东江湖移民开发取得丰硕成果的鲜活例证。

移民不富，移民不稳；移民不稳，移民不富。一位老移民干部曾经跟我介绍，如果不能找到发展产业的路子，也就意味着这次移民开发没有成功。

1985年，资兴改变移民工作重点，由定点建房为主转向生产开发为主。这当然又是一次历史性转折。一场有库区乡镇领导、村支书和移民小组长等400多人参加的大型会议，开了整整三天三夜。会议最终产生一个结果，明确生产任务要以果树种植为中心，并且描绘了发展蓝图。三年打基础，五年初见成效，十年大见成效，把库区建设成经济繁荣“鱼果之乡”；把水库建成环境优美的游览胜地。同时，推

清江蜜橘（资料图）

丰收的清江蜜橘（资料图）

出一系列“组合拳”的配套举措。

规划是美好的，关键在于落地。

此刻，很多人觉得“万顷良田万声歌”的时代结束了，只留下“山映斜阳天映水，何方土地可插禾”的感叹。面对移民的焦虑，当地迅速组织打响以农、林、果、牧、渔、工、商、运、旅游为九大重点领域的大开发大会战。在不改变移民经营专款专用的原则下，当地干部群众敢吃“螃蟹”，敢为天下先，采取以工代赈、以奖代投的方法，层层建立责任制，将开发任务落实到部门、乡、村、组、户。很快，库区内外形成了“千斤担子众人挑，千家万户搞开发”的生动局面。后来，当地总结出了“唱山路，走水路”的发展模式，影响幅射全国。

李万利是黄桥五组组长。他带领村民在荒山开出果园39亩。同时，他自己率先探索果、猪、沼气生态农业开发模式，开发果园20亩，仅用几年时间就成了闻名库区的富裕户。汉塘村村民吴主英，一家人大干三年，建果园上百亩，长短结合，成了“水果大王”。典型，不断涌现。而且，不断在寻找新的突破。

1989年，人民日报刊登《我国网箱养鱼形势喜人》一文。当地干部和村民受到这篇文章触动。他们马上做了12口网试验，口口成功，获得良好效益。又看到了一条新的发家致富路子！没多久，“一口网箱脱贫，二口网箱致富，三口网箱超过万元户”，这一观念深入移民意识。当年，东江湖有了2200多口网箱。随着规模不断扩大，共1.3万口网箱的养鱼产业成为当时东江湖一道动人的景观。

“北有洞庭鱼米香，南有东江鱼满湖。”通过多年打造，“东江鱼”的品牌效益、品牌价值迅速提升。“东江鱼”被国家原质检总局批准国家地理标志产品。而后《东江湖地理标志产品保护管理办法》正式颁布。目前，资兴市农产品拥有中国驰名商标1个，省级著名商标、名牌产品14个。其中，“东江湖”被认定为国家地理标志保护产品。“东江湖蜜橘”“东江湖茶”被认定为国家农产品地理标志登记产品。“狗脑贡茶”获评中国驰名商标。

这一切变化，给村民带来了源源不断的财富。“今年，我的5亩橘子地收入10万元。”清江黄草村76岁村民黄仁雄非常开心地介绍。

之后，“农旅”融合的第三产业迅速崛起。

它是“唱山路，走水路”的产业升级版。环东江湖文化休闲农业带、回龙山寿佛寺乡土文化休闲农业带、八面山田园文体休闲农业带、汤溪神农文化休闲农业区、城效丹霞文化休闲农业区相继亮相，迅速构筑成“三带一区”新发展模式，通过辐射带动发展全城旅游产业，努力放大东江湖旅游社会效益、经济效益和文化效益。

邓述球在回龙山下开了一间瑶家餐馆，邻居都称她是一个“能干婆”。这位老板娘正在迎接一批游客。游客刚从回龙山下来，仍在赞叹山顶云海如何漂亮。邓述球说：“他们在东江湖玩了大半圈，昨天在我店里吃住一晚。说是我店里的土腊肉好吃，所以下山又跑到我这店来了。”她说，春天到有机茶园体验采茶制茶、夏天到荷塘赏荷花、秋天到果园摘橘子、冬天到回龙山看云海雾凇，一年到头她店里的生意没有淡季。

农家餐馆，星罗棋布，食客熙熙攘攘，非常热闹。它们的出现，大大推动了“农家游、农家乐、农家富”的发展进程。

近年来，东江湖畔的产业发展与美丽乡村建设、乡村振兴战略实施相继走向融合，集农业观光、果蔬采摘、农事体验、度假养生、民俗娱乐、科普教育等于一体的近郊乡村旅游目的地和项目，如雨后春笋般不断出现。

目前，库区沿湖有休闲农业226家，年收入近6亿元，休闲、农业和乡村旅游人次336万人次。

五

一坝锁东江，万千气象聚湖中。

东江湖的出现，使得这一方山水很快就成了闻名天下的旅游胜地。

东江湖旅游开发是在一种复杂心情之下打开的第一扇门。但毕竟其门打开了。1987年，兜率灵岩非正式对外开放，当年接待游客4万人次，旅游收入2.6万元。这个业绩一成立，很多人才算吃下了一颗“定心丸”。

很快，他们对东江湖旅游产业充满憧憬。

当时旅游设施确是简陋，却掩盖不了东江湖风光的无穷魅力。一张题为《雾漫小东江》的照片登上各大媒体的头条，养在深闺的小东江几乎一夜之间就成了旅游热门景点。很快，小东江成为国内外著名摄影家的打卡地，东江湾一侧也因此诞生一座东江湖摄影艺术馆。

《雾漫小东江》照片的拍摄者承认，谁也没有料到一张照片会有如此引流效应。

1995年7月8日，“中国生态旅游第一漂”——东江漂流正式开漂。东江湖旅游产业进入了一个迅速发展的黄金时期。

时至2015年7月，东江湖成功获批成为国家5A级旅游景区。

仅得一块金字招牌，东江湖当然不会满足。如今，东江湖成为湖南省唯一同时拥有国家5A级旅游景区、国家级风景名胜区、国家生态旅游示范区、国家森林公园、国家湿地公园、国家水利风景区“六位一体”的旅游区。

与此同时，资兴市成功获评国家园林城市、中国“摄影之乡”、中国优秀旅游城市、国家级生态示范区等称号。

在这一过程中，旅游品牌也逐渐成形，地域特色愈加明显。

每年，这里会举办环中国（东江湖）自行车赛、东江湖马拉松赛、国际龙舟赛等一系列活动。一年一度东江湾啤酒节更是享誉粤港澳地区。同时，雄鹰户外运动休闲基地、大王寨小镇项目、凤凰岛项目等一批高端旅游产品诞生；黄草镇潇湘风情小镇、汤溪温泉小镇等一个个特色旅游小镇实行差异化、特色化发展。这些新举措大大提升了当地旅游的吸引力。

随着时代发展，旅游业也不断拓展新业态领域。

东江鱼集团、青岛啤酒（郴州）有限公司、金万嘉休闲食品开发有限公司等一批企业主动融入旅游功能，纷纷向游客开放生产线。在促进三产整合上，相继建成双溪洞、流华湾两个现代农业示范园区。环湖果茶科技园、绿鼎园林等一批农村旅结合的现代农业庄园也接二连三出现，“白廊桃花村”“二峰瑶旅文化特色村”等20多个旅游村脱颖而出。

同时，资兴积极创建国家全域旅游示范区，并获得成功。这里已经形成了以东江湖为核心，古迹观光、登山观雾、农家体验、少数民族风情体验等项目相辅相成的复合型旅游产品格局。目前，以2022年数据为例，虽然受到疫情影响，但全市累计接待国内外游客达1118万人次，实现旅游收入116.7亿元。

游客说：“在东江湖库区，每一处都是风景。”在他们眼里，资兴就是一座“城市+大自然”的世界级公园。

缘于这一湖水，资兴仿佛插上翅膀，让它有了一个神速的发展。

思路再次变得清晰起来，想法又很实际，所以踩足了新发展的“油门”。

他们充分挖掘“水”元素，做活可持续发展“水”文章。当前，资兴市因水生态而兴起的大数据、硅材料、新能源、电子信息、文旅康养、食品饮料等产业呈现出蓬勃发展的态势；华润电力、青岛啤酒、彬彬科技、旗滨集团等一批国内知名企业先后落户发展，东江湖大数据中心荣获“国家绿色数据中心”称号。

县城经济综合实力稳居全省第一方阵，早已成为全国“小康城市100强”，同时多年保持中国“中部百强县”称号。

有人说，东江一湖水，不是水一湖。

它应该有自己的价值。这无法估量的价值，一定会给这个地方注入巨大的发展动力。

如今，环湖的全城旅游、生态旅游、红色旅游、乡村旅游与周边游、研学游、夜间游、新生态旅游全面发展，方兴未艾。“绿色”盎然、“红色”炽热、“古色”浓郁、“夜色”璀璨，一幅幅精美的画卷徐徐展开。

六

又拍到了中华秋沙鸭！

桃花岛。一位摄影师兴奋地举起自己的相机。他连续5年在东江湖白廊一带的岛屿上，拍到被称为“鸟中大熊猫”的中华秋沙鸭。

真是不易！

因为它选择落脚寄宿的地方，一定是个水质极好的环境。中华秋沙鸭能饮用的水，完全可以成为人类的直饮水。在我们日常生活中的饮用水检测系统中，中华秋沙鸭饮水取舍也已经作为一个“参考值”。所以，中华秋沙鸭被称为“活试纸”！

中华秋沙鸭能在东江湖栖息，说明东江湖的水质越来越好。这是偶然拍到的吗？

不。

在东江湖一定能拍到这种珍贵之鸟。必须拍到。

我特意去看他拍回的中华秋沙鸭照片。这时，我才知道它长成的模样。这种鸟嘴形侧扁，前端尖出，与鸭科其他各类具有平扁的喙形不同，嘴和腿脚皆呈红色。摄影师介绍，今年所拍到的是一只雄鸟。因为它的头部和上背黑色，下背、腰部和尾上覆羽却是白色。

中华秋沙鸭是第三纪冰川末期遗留下来的古物种，也就被称为鸟类“活化石”。世界自然保护联盟（IUCN）早已将其列为红色名录濒危物种。

照片中，嬉戏成趣的中华秋沙鸭，东江湖那波光粼粼的水面，两者构成了一幅和谐美妙的生态画卷。

有一次，我看到了一种只有手指头大小的鸟。

湖边樱花盛开。这只小鸟正在吸花蜜。太漂亮啦！我用手机将它

寿佛寺◎曹广文 摄

拍了下来。一位长期在东江湖倡导爱鸟的生物老师跟我说，它是一只叉尾太阳鸟，身子只有几厘米长。它们的嘴细长下弯，舌呈管状，专门用来吮吸花蜜，因而又被称为“亚洲蜂鸟”。

东江湖，鸟类天堂。

一位老师透露，他与学生多年观察发现，目前东江湖栖息的鸟有一百三十余种，比十多年前多了四五十种鸟类。黄胸鹀、红隼、寿带、白鹇等珍稀鸟类也成了东江湖的常客。

看到围在这位老师身边的学生，我想起另一个小男孩。

很多年前的事。小男孩当时只有六岁。那天，他将一只刚喝完的娃哈哈塑料瓶扔进湖里。放学归来的姐姐看见后，便爬到湖边想去将塑料瓶捞上来。结果鞋底一滑，姐姐掉进了湖里，拼命挣扎。小男孩

水墨东江◎曹广文摄

吓得直哭。幸好父亲闻声赶来，才将女孩救上湖堤。这事让小男孩刻骨铭心。上学后，他成了班里“守护一湖水”的积极分子。他在作文中写道：“爸爸说，姐姐是我的守护神。姐姐却说，她是守湖神。这一刻，我恍然大悟，姐姐原来是个女神。”

人都喜欢被呵护。大自然也是如此。如今，这男孩大学毕业了。他说，要回到东江湖畔，与养育自己的一方山水天天厮守在一起。

我讲述这两件小事，就是想说一句话：让这一湖好水好下去，还真不容易。我之前也感叹过：造湖容易守水难。但这些年，守护这一湖水取得巨大成功。二十年前，青岛啤酒因水而来，今日，东江湖大数据中心又因水而生。

这真是一笔意想不到却是无比充沛，甚至永不枯竭的资源，它就涌自东江湖底，百米深处的冷水，年径流量15亿立方米，水温则常年游走在8℃至13℃之间，从而催生了一个大数据产业园。据专家介绍，大数据产业能耗高，IT设备运行、降温用电占总运营成本九成以上。服务器“消暑纳凉”早就成了一个世界级的难题。但东江湖大数据中心在获得这股源源不断的冷水那一刻，当即得出了最佳解决方案。在参观大数据中心制冷机房时，我亲眼看见引流而来的东江湖底冷水，给架空层持续不断地劲吹冷风。它相当于让机架所有设备痛痛快快洗着“冷水澡”，乐此不疲。这看上去似乎是一个很简单的过程，但刹那间，能源消耗、运行成本减少了四成左右。一份资料显示，东江湖大数据中心自运营以来，年节电5000多万千瓦时。东江湖冷水资源，足以供20万个机架“冲凉”。专家称，这是一个具有巨大经济效应的数字。

目前，易信科技、城投数据中心、云巢（东江胡）大数据中心等知名企业成功入驻这座大数据园区。

游人们几乎对大数据中心不甚了解。他们的兴趣大多落在这一湖水上。

事实上，围绕这一湖水其实发生了许多故事。二三十年前，这里喊响了“万口网箱下东江”的口号。于是网箱一窝蜂圈湖。鱼药、鱼饲料更是漫天卷落。在让移民迅速找到致富门路的同时，东江湖的水质却受到极大威胁。

这里的人们有了一场新的思考，甚至出现争论。

但最终是一场网箱上岸的行动迅速展开。这当然不是此一时、彼一时的简单变化。它是在“老子富”与“富子孙”之间的一道选择题。于是，库区有了一场壮士断腕护绿水的演绎。

谢志林也没想到，他竟然成了这场演绎中的一位“明星”。

东江湖日出◎曹广文 摄

这位时年44岁的男子跟网箱打了近20年交道。他说，1999年毕业于湖南农业大学的他一直从事养殖工作，并学习网箱养殖，2006年开始在东江湖养鱼。经过几年的发展，年产鱼量达到了20万斤。

2019年，《关于东江湖网箱退水上岸的通告》正式发布。

谢志林说："做了几十年的养殖，生活已经被养鱼和卖鱼填满了，突然不让养鱼还是有些懵。再说自己也是一把年纪了，哪怕发现了新技术也不知从何学起。但东江湖环境不能砸在我们自己手上，我还是咬咬牙上了岸。"

他很快又开窍：自己一技之长不能废弃，即便不能下湖养鱼，但可以开发淡水鱼养殖基地。有了这打算，他拣脚就跑到外地考察。看到人家规模化、集约化、专业化养殖淡水鱼的场景，他信心顿时倍

增。接着，方方面面给了他许多支持，淡水鱼养殖基地的设计以及土地审批、生态环境备案等相关手续迅速完成。

可以想象，这种转型并非一帆风顺。

“我自筹了一笔资金，但建成10口18米乘18米的养殖池后，手头就没有钱了。人社部门知道后主动上门来帮我，给我提供300万元的创业担保，真是解了燃眉之急。”

再次见到谢志林时，才知道他的养殖公司已建成标准化淡水鱼养殖池29口，年产淡水鱼50余万公斤。

又一次飞跃！

谢志林说：“在观念上我完成了第二次‘移民’！我明白，所有一切皆是为了让子孙与我辈同享一湖水。”

七八年前，曾立志、何灵辉有一个共同的身份：养猪大户。

听说畜禽养殖要退养，曾立志一时茫然。他称自己“改做什么都没有经验。”后来，他来到长沙郊区，跟团考察当地办农家乐的经验，大受触动。致富不是一条道，道道都是致富路。接着，看到村里先办起来的几家农家乐生意不错，便也经营起农家乐。很快，他的餐馆赢得了好口碑，生意十分不错。在赚钱同时，他没忘记做好环保设施。“离开了好水，我们也就舍弃了财富。”他相继实现四格式污水处理和小型人工湿地处理农家乐生活污水。他很开心地说：“哪怕已经有了60多间客房，经常也是供不应求。客人来了，我都会发给他们一份环保宣传资料。”

与曾立志同村的何灵辉则选择了另一条转型之路。

在远离湖岸的地方，何灵辉建了一家有机肥厂。他把厂里开工头三个月生产的有机肥免费送给农户，走村串户进行推广。果农看到使用有机肥可以改善水果品质改善时，便欣然接受了有机肥种植水果的观念。何灵辉称：“当地政府出于环保考虑，一直推广使用有机肥，所以我的生意日渐红火！”

从另一角度看这也揭秘了东江湖畔水果为什么越来越好吃！

同时，这些行动的结果告诉我们，库区移民的思想早就发生了质的变化。他们不再打“小算盘”，知道如何算“大帐”、算“长远帐”、算“子孙帐”。所以，他们早已成了保护一湖水的支持者和积极参与者。

东江湖沿湖新增或提高水源涵养林17.56万亩；加大环湖乡镇污水处理设施建设力度，9个集镇污水处理厂已建成并投入使用；对小东江沿线违法经营餐饮店，实行全部关停；全面推行“河长制”；实施“万口网箱退水上岸”“十万头生猪退养”行动，淘汰老旧船舶172艘，给所有营运船舶加装污水储存柜等，有效控制污染源。

立法护水，成了当地最有震慑力的一种武器。

在《湖南省东江湖水环境保护条例》颁布后，当地政府迅速组织编制了《东江湖流域水环境保护规划》等一系列保护优先政策和管理制度。

由此，资兴市成为湖南省首个被生态环境部评为“绿水青山就是金山银山”实践创新基地的县市。如今，小东江旁又有了一座“水博馆”，它生动诠释了新时代“水立方”的理念，生态优先，绿色发展，让“绿水青山”护得更美，让“金山银山”做得更大，唱响一曲曲生态欢歌。

东江湖，永远是一道靓丽风景。而描绘者，便是这些普通的东江湖人家……

第二章

回龙山◎曹广文 摄

匿迹记

NI JI JI

众多古街与古村沉入了湖底，但那些往事还在人们嘴巴上活生生地存在。

又来到五岭农耕文明博物馆。

馆长由何林雄兼任，他是一位文物专家，也是这座特殊博物馆的规划、建设、展陈及展物征集的全程参与者。在我眼里，他更是一位农耕文明的守护者和传承者。

博物馆坐落于美丽的东江湖畔，具有典型的湘南特色。馆内共有两层六间大厅，均采用镂空暗红漆大门、地铺黑色复古瓷砖，整体墙面为素净温和的灰色细格棱式样。馆中展出实物1000余（套），大多实物来自已经淹没的库区，它们似是普通，但在何林雄眼里，它们皆是“无价之宝”。

时至今日，很多游人都觉得当时收集这些具有农耕文明标志的物件，确是一件功德无量之举。

何林雄却是一吁。

在他眼里，毕竟很多珍贵并且不可搬离的东西，已经卧于湖底。“它们”的传说仍留在移民记忆中，又在口口相传……

一

�村，一个古老的村庄，古称吉隅、洁隅、洁鱼。

“吉隅”，取吉祥一隅之意；“洁隅”有洁净一隅、世外桃源之喻。后来，先祖们自造“琙玗”两字，替作村名。

“琙玗”两字，人们对其有多种解读，有人说是取所属原东江河段两岸“三峡两玉”之地，“三峡”：一是书房居峡壁，二是“鸡婆带崽”对岸崖壁，三是深坑垅口下侧峡壁和对岸的白石壁；“两玉”指“鸡婆带崽”、晶晶石，皆是地名，有趣之称。另一种解释，有人把“王”（玉）旁理解为王者之王，如此体现了琙玗村的王者之气。很多人却说，琙玗人自古并无傲气。琙玗李氏先人乃书香门第，以谦卑儒雅著称，不可能张扬霸气。

如今，人们更倾向一种看法。琙玗二字以王（玉）为形旁，以“夹、于”为声旁。王旁是玉的本字，玉乃石之精华，冰清而玉洁。自古以来，中华民族皆以玉象征圣洁、吉祥、美丽。古人更是认为玉具有仁、义、智、勇、洁等五种高贵的品德。李氏先人们以玉（王）为部首，自创“琙玗”二字作为村名。以玉自况，其实是对琙玗山川之美和族人理想生活的高度概括。且李氏琙玗开山之祖名即伯玉，以玉为旁造字，蕴含着纪念先祖之深意。

地名如人名，这是一种期盼和寄托，都带有美好的寓意。

琙玗村民以李姓为主，李姓人口始终占据总人口的80%以上。琙玗李氏起源，可追溯到宋代，自西平王李晟进入兴盛时期。李晟生十八子，其中十五子得以承传。七子李宪曾任江西洪州刺史，其子李游授宜春（今南昌）府君，死于江西袁州府分宜县老家。李游曾孙李澄迁徙到太和（现江西泰和县），李澄曾孙李维生四子。时值北宋，李维生的大儿子选择避世，着令四子即伯金、伯玉、伯元、伯亨在湖南兴宁（即今资兴）择址安居。

老二伯玉，讲究之人。他挑了一个好日子，请来风水先生一路看过来。得找一好地方！绕过八面山，抵达渡头琙玗地界。风水先生还

五岭农耕文明博物馆（资料图）

没开口，伯玉已经停下脚步。他的眼睛发亮了，被这里山水相依的地形、钟灵毓秀的景致所吸引。

“极美！”伯玉赞道。

风水先生补上一句：“风水好哇！”

这地方并不十分开阔，但山水相邻，也有旷阔之地，地形又是错落有致，群山嵯峨黛绿、云遮雾绕，江河之水又是穿山破壁、雄浑澎湃。所以说是天生一块宝地。

伯玉吁出一口气。他果断决定就这地方！山水交融，动静搭配，堪称吉祥富贵如世外桃源般的人间仙境，故取名“吉隅”。之后村子果然顺风顺水，人兴财旺，习文练武，名震四方。据说，自南宋往后，曾“叠朝之科甲蝉联……显仕数十，志不胜载”。由此，伯玉公被尊为Ṭ玗李姓始祖。

明朝天顺年间，珙玗走出一个进士李端，官至杭州知府、河南按察使。他一生为官清廉、政绩显赫，得民心顺天意，且子孙发达。其子孙中解元、举人频出，被朝廷赐封“累世登科”牌匾，悬挂于珙玗村口牌楼之上。

民国年间，一个从秀流嫁到珙玗的女子，为挣脱婚姻枷锁而离家出逃。这女子便是后来的女作家白薇。

新中国成立后，村里又有了全国人大代表陈玉明、节约模范朱尧清和为支援秀流村救灾而英勇献身的平民英雄李静武。

所以说，珙玗是一个传说颇多的地方。

它原属渡头乡的一个村。史料记载，渡头自古便是一处重镇，水路直通汝城县境，陆路则为联通南粤要道。因有人渡和停船的码头，故称为“渡头”。《兴宁县志》记载，“明正德间（1506–1510），滁口巡检司移渡头黄家甸”，故又有“渡头司”之称。清雍正年间将其作为一处盐埠，俗称“人和墟”，意为“天时、地利、人和”，以招徕商客，粤商设有“招子店”，经销粤盐，日益兴盛。那时候，渡头成了一个很热闹的圩场。

另一个繁华圩场在旧市。旧市曾是资兴地域内最早的县治所在地。当年，古县城东起凤凰山东面的巷门口庄，南邻南方洞，西至营前，北至黎氏巷、石角头村。城区中心街道呈十字形排开，街道两旁各类店铺数百间，商铺福楼、丝绸布庄、土货杂店、中药堂号、酒店烟馆、客栈春院、手工作坊、茶馆当铺鳞次栉比。街头巷尾有各种美食摊点，米市行、仔猪行、木竹行；打铁的、补锅的、弹棉花的、加工金银饰品的、打造锡酒壶的、吹拉占卦的、要杂卖唱的，热闹非凡。城南的洞口桥码头，灯火点点，号子声声，人来人往，川流不息。整个县域内，旧市街当时是规模最大、最繁华的一处集贸市场。它也是政治与文化中心。

旧市凤凰山下的资兴江，流水从东面滚滚而来，几经宛转，紧靠旧市街南面向西流去。据说，资兴江宽约八十余米，江面上架起一座十几节的木板桥。河水不急不缓，多有鱼虾。河面上常年可见众多木船往来。一串串竹木排从江面上轻悠飘过，却带来放排汉子一阵阵粗犷的号子声。

“呦嗬嗬，——嘿呦！”

“呦嗬嗬，——嘿呦！”

“走呃，走呃，哎——外——嗨！”

凭着声声呐喊，或者一串听不懂的歌词，放排汉子竟然很快让自己热血沸腾起来。随着他们的呐喊声起程，划过深潭，渡过险滩，也会尽情享受风平浪静时的惬意。

有人说过，号子里包含了太多的信息，一条河流的缓急，一方地域的性格，一个季节的情绪，一腔苦闷的乡愁，都隐在起伏的号子声中。号子声中，也有他们心里惦记着的女人。

在我眼里，江河上的号子，都是放排汉子写给江河的诗，那号子勾魂抓魄。可惜，号子声早已远去……

卧于东江湖水底的还有滁口老街。“环滁皆山也”，人们不熟悉滁口，却熟悉欧阳修这名句中的这个“滁”。他写的是安徽滁州名胜之地。滁口则是当地人至今仍在追忆的一条老街。

那时候，永兴、衡阳和株洲诸地下广东乐昌挑盐，东江和滁口两地是必经之处。也正是如此，滁口渐渐辟出了一条小街，椽接瓦连三里有余，经久不衰。这里风光也很独特。夹河百里，皆是险峰绝壁。

有一个叫李建军的老移民跟我介绍过，他母亲就是从滁口嫁出来的。母亲的娘家做豆腐，名声很响。李建军的母亲也卖过豆腐。她的父亲曾经奇怪过，女儿坐在铺子前，豆腐就会卖得快些。她的母亲开窍，笑道：“我跟你们李家生下一个比豆腐还嫩的女儿。”李建军印象中，母亲喜欢上山摘茶籽，更喜欢把茶籽油揩在头发上，然后不断捋着。他说，母亲的头发一辈子都是乌黑发亮。母亲八十几岁了，常跟李建军说，那时候的老家后山有一片茶树林。

众多古街与古村沉入了湖底，但那些往事还在人们嘴巴上活生生地存在。

二

我的童年是在祠堂旁度过的。那时，祠堂前有一口水井。水井一侧是晒谷坪，白天晒谷，晚上常有电影放映。《地雷战》《地道战》《奇袭》等电影就是在晒谷坪看的。而且，看了多少遍。祠堂，也是我们捉迷藏的地方。在那个特殊年代里，祠堂内原有的摆设似乎不知去向，连楹联与匾额也一度消失了。还好，祠堂里经常能响起孩子们的笑声。我们甚至骑到祠堂门口的石狮子上。真的，那一刻觉得比骑马威风多了。童年的感觉，留给今日，却是万千唏嘘，哪能回得了那快乐无比的时光呢？

前不久，我为家乡写了一篇《这里有九百座古祠堂》。

古祠堂也曾在女作家白薇笔下演示过。在她眼里，祠堂是一个很威严的地方。她曾说，祠堂是不许女人靠近的一个地方。白薇自己也没想到，1949年回家乡打游击时，她不仅走进了祠堂，还在祠堂里发动群众。几十年后，村里老人仍在传说，那时候的白薇一肚子才气，她说的每一句道理我们都听得懂。他们记得，祠堂里外都被白薇贴上了大红标语。

她的家乡秀流也是一古村。这位著名女作家曾回忆，祠堂前有水塘。祠堂前水塘，也叫“月池”。风水之法，得水为上，藏风次之。这是堪舆术中一条重要原则。水在堪舆术中占据着重要原则。“未看山时先看水，有山无水休寻地”。又认为，山管人丁，水管财运。自古人以食为天，所以“得水为先”。

秀流村屋宇稠密，仿佛是肥胖的龙腹。

白薇印象最深的是村里唱大戏时，从祠堂搬出一个竹骨纸糊的“将军”，身高好几丈，拿着二丈长的关刀，凶神煞。据说它是鬼王。白薇记得，“鬼王”会被摆到距戏台七八丈远的对面，说是可以镇压群鬼作恶。它从祠堂移到戏台前，整个过程叫作“移将军”。十几个壮汉把它抬着走去。族中长老们则穿起大礼服，戴起红缨大礼帽，跟着铜鼓、喇叭、长长的乐队。所有人的步子都迈得很慢。凉伞、彩旗走在“将军”前，排成一长队。还有一位巫师，带着一袋白

资兴古建筑◎曹广文　摄

米，一路上会把米往“将军”身上洒。沿途轰轰的铁炮声、爆竹声不断。老家祠堂这个时候才是热闹的、好玩的。

秀流祠堂供奉的灵牌成为聚宗合族的根据，也让祠堂成为每年春秋两季同宗举行祭祀活动的场所。关于这座祠堂，我从秀流族谱中见到记载：在宋末元初，显祖七郎公定居秀流以后，开始建祠；传至德华一代，又加改建；经元明清各代，多次集资修建，规模不断扩大，气象更为壮观，为当地各族宗祠之冠。足以证明，秀流朱姓宗祠底蕴深厚。

石砻村也有祠堂。石砻，原渡头大垅村辖下的一个自然村。石砻，以石闻名。石砻的石头，数量奇多，形态各异，远远看去，村子周围、梯田之间、山坡之上尽是石头，高低错落，层层叠叠，奇形怪状。石砻之名便由此而来。“砻”本是稻谷去谷壳的农具，形如石磨，由上下两层叠合而成。石砻之砻，正取石头如磨盘相叠之意，形象贴切。但这些石头不是孤独，也不是冰冷的。石头表面竟然生长出了一些灌木、藤蔓。累累岩石也就被点缀上了令人心动与怜惜的生机。

当然，它也带来一种独特的意境。青石磷磷声似琴，闲眠静听洗尘心。是呵，乾坤的宝落世间。

石砻村布局也很特别，似乎先是有了一张建设蓝图，然后按图施工。那时候，谁做了村里的“总设计师”呢？没个准确说法。整个村子被分为东西南北中五个区域。村里的祠堂就在东面位置。它叫黄氏宗祠。

黄氏宗祠建筑年代约为清末民初。这是一幢气势恢宏的建筑，青砖灰瓦，翘角飞檐，鸡冠耸峙，画栋雕梁，十分壮观。祠内分为上厅与下厅，上厅设有神龛，上下厅之间是天井，周边用规则的青石条砌成。天井之上是天窗，采光、通风良好。上下厅各有两根粗大的圆形木柱，支撑着屋顶的梁、檩和椽子。两侧山墙的中部各有一道侧门，下厅前面墙体则有三扇大门，正门居中，两侧各有一扇副门，门扇上彩绘着凶神恶煞的守门神。祠堂大门口竖立着两根高大的圆柱，上端蹲伏着一对威严的狮子。

祠堂前是一片肥沃的稻田，从祠堂向东越过稻田约200米就到了石砻小学。石砻村老辈人回忆，祠堂有一股浓郁的香火味，常年经久不散。一年四季，四时八节，祭祀不断。“祭，如在”，族人们认为祖先就在冥冥之中，保佑着家世的兴旺。

石砻地灵人杰，自古有着学文习武的传颂，一直流传“文见黄存念，武有黄存荣”的说法。黄存念习文，精通诗书字画，民国时期曾在国民政府教育部任职。他的字画作品多流传到广东，尤其在粤北一带颇有影响力。当时，湘南多有到广东挑盐者，挑夫只要在那一带说出石砻黄存念的名字，便可以在客栈免费食宿。黄存荣则更具传奇色彩。他从小胆大，正直尚武，好打抱不平，后报考军校（据说是黄埔军校），跻身行伍，做到了国民党团长。后因与上司意见不合，独自带队回到家乡，欲保一方平安。解放战争时期，著名作家白薇曾代表地下党组织，多次深入黄存荣团部开展工作。国民党因此恼怒不已，将其刺杀。

祠堂，它有许多叙述。

而在我眼里，祠堂就是一方“家族印”。《礼记·曲礼》云：“君子将营宫室，宗庙为先，厩库为次，居室为后。”可见，在一个家族居住地，其祠堂至高无上。

圳上村的张氏祠堂，坐西朝东，面向兜率岩山脉中段最高峰猴古岭。自古以来，祠堂就是圳上最高的建筑，规模也是排在第一，占地面积500平方米。这座祠堂最亮眼的地方，要数木柱、木梁、木板、木门和木窗上的装饰，匠人在这些木具上雕花刻景，画物写意。从一张老照片可以看到，当时张氏祠堂两扇大门刻有秦叔宝提锏、尉迟巷执鞭的图像，威猛雄壮，形象逼真。

“派由江右，以及宁南，馨香自古凭祖德；祥发大垅，而来圳上，光裕于今启后贤。”张氏祠堂这一楹联，精确概括了圳上张氏的历史渊源。另有一副楹联称：“溯先代之衣冠，唐宰相、宋进士、元翰林、明乡试，声名奕奕荣千古；考近世之文峰，前猴岭、后栗山、左联珠、右流香，胜景巍巍耀万年。”上联是对张氏家庭显赫历史的高度概括，下联则是对圳上周边美丽风光的真实写照。

匾额和楹联是祠堂中最值得体味的标志。《圳上祠堂记》中称：“自北派衍益甚，人烟骤集，代有文人，越十三世，世风、世鹏、世宽、世德、世宦诸公，见前规渺乎其小，遂改建公祠焉。斯地区，门前曲水环绕而玉带长拖，后垅全像拱踞如金冠高耸，左而五星下穴如珠之联，右而一泉流香如银之泻；旁则遥接巨浪，松风击鼓空中音；近则面揖兜率，柳堤鸣莺天际间。诚洋洋具美观哉……”

这段表述与祠堂对联呼应，相互解读，也算一件趣事。

据村里百岁寿星张细陋生前回忆，古圳上是因为建在大水圳之上而得名，距今已有六百多年历史。当时村庄建得井然有序，房屋鳞次栉比，规模庞大，仅村中街道就有一里多长。按东南西北设有四座外大门，八扇巷道门，形成一个闭合式村庄。而且村中有寺庙、书院戏台、榨油坊，配有专门值更人员。街上铜匠铺、铁匠铺、首饰铺、裁缝铺、伙铺（旅店）、染坊、豆腐坊等等，一应俱全。

三

祠堂潜入湖底，与它作伴的还有古牌坊、古书院和古凉亭等。它们一一皆是这方山水的文化标签。仅说渡口，这古村即有进士坊、解元坊、弈世登科坊等，皆属明朝科第坊。

秀流村有两处节妇坊，即袁氏坊和双节坊。节妇坊的故事很动人吗？每每听到关于这节妇坊的叙述，我心便是一揪。自古，女人不易。即便白薇，也是多么不易啊。

弈世登科坊，系木石结构建筑，四柱三门，全宽6.14米，旁柱以石条斜撑，中门高3.29米，旁门稍矮。坊顶分左中右三节，呈“品”字形，分两层屋檐，中门檐高于两旁屋脊，以六踩斗拱支撑。正门上端镶有木牌匾，正面阴刻“进士坊”字样，背面为“累世登科”题字。据说落款小字在当时已模糊不清，难以辨认。

在我眼里，所有古书院，皆系历史星空中那一抹不灭的亮色。兴贤育才是这些书院的开办宗旨。书院一定与书有关系。藏书，成了书院的一种事业追求。同时，修书刻书是书院与生俱来的另一大功能。书院也是祭祀儒学祖宗的地方。在资兴书院中，之前的作用也大体如此。

据了解，有十余座旧书院被湖水淹没。其中崇义书院地址在渡头，清光绪初年创办。崇正书院，位于旧市古街北面，建于清光绪年间。

同时被淹没的石角书院、渔溪书房和作山书院，则为球玕李氏读书、县丞李应甲训子和举人李廷柬读书与讲学之所。石角书院的知名度最高。李氏祖谱曾有一篇《石角书院记》。它写得非常有文采，生动描述了书院当时盛景。

凉亭，也是当时一大景观。资兴的老凉亭比较简朴，比不上“醉

东江湖©张顺 摄

東江湖

翁之意不在酒，在乎山水之间”的醉翁亭，也不似“留得残荷听雨声”的残荷亭，也非沧浪亭、荷花四面亭、月来风到亭等等，但这里的凉亭除了禀赋便民性，仍是花了不少心思构筑而成。其中一个特点，它是四面无墙通天地。凉亭建筑地点，也算精挑细选过。“惟有此亭无一物，坐观万景得天全。”凉亭，似乎更有机会见证人间的悲欢离合。

石凉亭位于兜率岩下，采用青石砌就。青石地板，青石门，青石墙壁。沿壁的两排又长又宽的凳子，也是青石板。石凉亭长20余米，宽、高五六米。四面石壁，刻有为建此凉亭而捐款、捐物、出工、出力者的名字。这座从渡头街经西瓜铺往珠坪渡口的大道穿入而过的凉亭，成为沿河官道行人的憩息之所，同时也成了由河边渡口上兜率庵的半山亭。亭下是清澈的河水，深不见底。出亭便是上兜率庵的山路，曲折陡峭，青石板铺成的台阶一直延伸到庵内。站在亭边，抬头仰望，兜率岩寺如仙宫耸入云端，上山犹如登天；展眼平视，河水中波光粼粼，好似一条玉带，自南向北蜿蜒。如画美景，真令人流连忘返。

渡口还有一座成龙桥。《渡头档案》记载，成龙桥位于玦玗村前的小河之上，“明成化丁酉（1477）冬开始重建”，“模仿故址从新甃砌，钱则计口出，工则论丁倩”，“择族人之能事者李统、仕旻、李简辈，偕诣宦戚之家，量劝钱帛，以资不及”。明成化戊戌（1478）三月竣工，并立有“重建成龙桥”碑。在当地人眼中，它属古老而又神奇的民间工程。据史料记录，其为典型的明朝建筑，体现了中国传统桥梁四大基本形式之一——石拱桥的特点。该桥为石拱单桥，以天然石料作为其建筑材料。拱圈跨径约10米，桥面宽约6米。这座桥，从重建到东江湖蓄水被淹没，使用寿命整整500年。即便它早已成为古迹，却一直发挥着其固有的交通功能，堪称一方奇迹。祖辈们曾传言，某年东江河水没过牌楼顶，船只能从桥边的进士牌楼顶上划行。洪水过后，成龙桥依然存在。

龙潜于渊。桥入湖底，也实现了它“成龙之美”的理想。如此说来，不是遗憾，而是万幸也。

四

那时，瑛玗有汉剧。戏台锣鼓一响，人们便涌到戏台前。

据史料记载，瑛玗的汉剧类似于陕西的秦腔。汉剧如何传入渡头瑛玗，可以追溯到1933年。家族公费出资，也有自筹部分，特意从耒阳、衡阳等地请来一套“四班师傅”，即包括厨班、武班、戏班和红白理事班四套班底，进行传徒授艺。村民可依个人喜好，自主选择。开始时也是一个“从者如云”的场面，抑或皆是觉得新鲜无比。最后坚持下来、学有所成者，寥寥无几。不过，经过一番努力，汉剧仍在这里扎根下来。

用心良苦，必得良果。据史料记载，汉剧习成之后，辅以理事、厨师，成为当地红白喜事的完整配套，名声日渐响亮。汉剧班子除了受邀坐堂，也不时参加县、乡演出及调演，在资兴乃至郴州闻名遐迩。鼎盛时期，瑛玗还成立了一个剧团。

那时候，几乎稍大的村子都会唱大戏。大戏就是古装戏。唱大戏非常讲究。村里会从省城或者外省聘来班子演唱。村人们把大戏看成最大的敬神典礼，同时将大戏看作最高的娱乐。村里殷富大族，在秋季收获以后，常请来班子唱上七天半月或月余的大戏。

白薇回忆过，秀流一旦要唱大戏，本村、邻村乃至远近许多村落的男女老少，都会早早准备他们看戏的新衣。那时候看看戏，也有这般令人心动的仪式感。来看戏时，每个人还会带上零花钱。唱戏的时候，大家无限欢喜。在那场景中，白薇同样也无比兴奋。也许，她的感受更会深刻些。多年后，她仍能写出那么好的文章。她印象深刻，远亲近戚们，亲疏的朋友们，十里数十里也会赶来看戏，家家挤满着客人，一班去了又来一班，忙得主人神魂颠倒。

她还有一个深刻印象，每晚有夜戏。但小孩少年不准看夜戏，因为晚上演的都是调情的戏。白薇说，村里的主妇最喜欢看夜戏。

秀流，风流万千。有戏，必有戏台。

淹没湖底的众多古戏台，最有名的要算旧市圩上的古戏台。说其建于明清，藻井斗拱，飞檐翼角，如鸟斯革，如翼斯飞。当时旧市农历一、四、七逢圩，都有整天的唱戏。

孩子们喜欢看武戏，对红脸黑脸兴趣多多。“丢脑翻筋（翻跟斗）”让他们羡慕不已。女子们则爱看《白蛇传》《穆桂英挂帅》，要不想着多情之事，要不想着威风凛凛。新中国成立后，《刘海砍樵》《打铜锣》《补锅》《逛新城》等新戏陆陆续续出现在旧市古戏台上。

除了旧市圩上的古戏台，一些村里也有戏台，如上坊、秋溪、汉塘、江口等。从某一角度看，这里的主人自古就有丰富生活，享受文化的爱好。因戏台养有“戏班子”的村子并不少，从中诞生了不少名角。据老辈人回忆，送塘上坊村的唐朝录，民歌唱得非常好，后来成为资兴市“非遗”文化传承人。旧市的李正凡，他讲演的故事《肖飞买药》，至今让人记忆犹新。乐安的蒋修堂与宋秋坤等人扮演的老倌子、老婆子和搭档演出的喜剧、小品更是风趣幽默、惟妙惟肖，笑得人肚子疼。名声最大的恐怕要数李雄才，他会编会演，吹拉弹唱皆行，被人们称为“全才”。

舞香火龙，也是当地一项民间风俗。

香火龙，稻草编织而成。大多由上了年纪的老师傅挑头，组成一个很齐整的理事班底。工作地一般放在祠堂里。扎龙，当然是最重要一道工序。准备竹篾、稻草、藤条（作龙筋用），以及少许杉木小棒后，即可动手。先用竹篾和稻草编织好龙头、拱筒和龙尾巴。龙头尤为重要，需要露出一股气势，特别要体现龙脸饱满、龙眼圆睁、龙角尖利、龙嘴大张、龙牙交错、龙舌长伸、龙须飘逸，一如真龙活现，特有神气。所以，龙头该是大师傅亲自动手。其他人则忙着用稻草和藤条编扎成辫子作龙身。然后，按每拱1.2米左右分拱，或五拱，或七拱。也许，还有九拱之龙。

当编排、分拱和固定在龙棍上后，一条长长的稻草龙就算做成功了。香火龙均是晚上舞动。吉时一到，点燃插遍龙全身的长香，接着5个或7个小伙子踩着锣鼓的节奏舞动香火龙，风风火火，威武雄壮。一会儿龙腾跳跃，摇头摆尾；一会儿盘旋屈伸、打滚钻裆，生龙活虎，十分壮观。当即，赢得阵阵喝彩。

另有龙灯故事。由龙与灯组成而得名。龙用绸料制成，大体十几丈长。一般两龙组成龙队。“双龙抢珠”是一保留节目，所以两龙现身也成了基本模式。两龙的腹背颜色迥异，是为分明雌雄，还是有其他寓意，说法不一。双龙东西腾跃地去抢一个盘大的红珠，动作敏捷，又非常诙谐。同时，龙灯故事会配以五色花灯百个以上。舞龙时，花灯队在其周围慢慢地环走着。舞龙之后就开始排花灯，掌灯手会将花灯排成种种的建筑物形，或排成象棋形、围棋形或者图案形，流去流来地变幻。在热烈的锣鼓、喇叭、长号、铁炮、爆竹声中，龙热烈翻舞，灯则疯狂聚散。如果出动两三百人舞龙灯，就会被

东江龙舟赛◎曹广文 摄

叫成“大故事”。反之，只算是“小故事”。沿途行走时，场面非常壮观，凉伞、彩旗、长号、大鼓、喇叭、锣类等乐器在前，随着的是大礼服、红缨帽的两位陪龙公子，然后才是龙、灯队，之后是乐队。“大故事”只能走大村子，走到哪儿就吃宿在那儿，各村须先打听他们到来的时刻，才好准备欢迎。

龙灯也是一种贺仪。村里如有哪家嫁女，免不了要请来一支龙灯队表演。龙灯表演结束后，马上带着插有香火的龙灯，去拜“新官人”。之后，盘龙转三卷，表示祝贺“新官人”早生贵子，幸福美满，白头到老！“新官人”则拿两块“放茶”（糕点，后来改成现金红包）回敬龙灯，主人家以长鞭炮迎送龙灯。

建新房，龙灯舞新屋，也是必做的一件事。新屋主人放鞭炮迎送，同样也用“放茶”或红包回敬。这是一个约定俗成的礼仪。

瑶族“还盘王愿”祭祀活动（资料图）

整个龙灯程序走完，需要两个小时左右。香火龙一停，女子们便会蜂拥而上，争扯龙灯身上的香火。她们把龙香带回家里，插在自己家门口和猪栏、牛栏、鸡鸭棚子的门上，希望保佑家里人畜兴旺，风调雨顺，五谷丰登，四季平安。

眼前，这类活动似乎少了很多。也许看到这些场景，又会让老一辈移民有了淡淡忧伤……

五

那年到上海，在女婿陪伴下，我登上陆家嘴的城市新地标——上海中心大厦，直奔第37层上海观复博物馆。“观复”一词来自老子《道德经》第十六章，“致虚极，守静笃，万物并作，吾以观其复，夫物芸芸，各复归其根，归根曰静，是谓复命。”“观”即看，“复”即一遍又一遍。这两字一词用于博物馆命名，非常贴切。这一博物馆说是马未都开办的。瓷器馆基本上展出宋瓷。记得他说过：“宋瓷，是中国瓷器的顶峰，甚至是中国美学的顶峰。”宋瓷是大宋留给中华民族未来的天空。

在资兴，也有宋瓷的遗址及记忆。何林雄赠我一本《资兴文物》影集，其内容甚是丰富。而在《资兴市志》有记载，境内共发现两处重点窑址：一处是高码乡窑上村的“茅坪窑址”；另一处是“送塘古窑址”，在旧市送塘上坊新屋组。“送塘古窑址”残存窑址面积约400平方米，文物堆积厚约1米。当年做抢救性文物普查时，采集有碗、碟、盘、壶、罐、坛、擂钵等器物残件，以及支座、垫圈等窑具。器胎呈灰色、黄灰色、黄红色等。釉质有黄釉、黄绿釉、酱釉等，少量有冰裂纹。

最后证实，它们皆是宋代遗物。部分碗底有轮形花纹和“太平”“政禾（‘禾’通‘和’）”纪年文字，反映北宋太平年间（976-984）、政和年间（1111-1118）民间两次烧制陶瓷史实。现窑址已淹没在东江水库内。

史书上称，宋窑有六大瓷窑系。定窑、钧窑、耀州窑、磁州窑分布在北方地区，南方地区则有龙泉窑和景德镇青白瓷窑。在灿若繁星的宋代各大名窑中，景德镇青白瓷以其“光致茂美”“如冰似玉”的釉色名满天下。目前，我们仍没最后确定东江湖底瓷窑属于何系。但何林雄告知，经文物考古部门权威确认，窑址和陶瓷的生产年代在北宋年间

是确定无疑！且“器治呈灰色、黄灰色、黄红色等”；“釉质有黄釉、黄绿釉、酱釉等，少量有裂冰纹”；“部分碗底模拍着轮形花纹和‘太平’‘政禾（和）’纪年文字”。根据这些记载和描述，旧市两处古窑址，特别是“送塘古窑址”出土的陶瓷，无疑是稀罕之物！

曾见报道，传世宋瓷之珍贵，仅北宋早期的汝窑，至今倾全世界之力，仅发现六十七件半。南宋时期，汝瓷就是皇族都难得一见的珍品，传说中的“雨过天晴色”“蟹爪冰裂纹”之瓷物，更是无数收藏家的梦想。

新闻报道称，在2017年10月3日香港苏富比举行的拍卖会中，具

东江湾© 曹广文 摄

有900多年历史的“北宋汝窑天青釉洗”经过近30口叫价，最终以天价2.943亿港元成交，再次刷新了宋瓷世界拍卖纪录，令世人惊奇！所以说，“送塘古窑址”不仅实属罕见，而其价值也不可小看。

旧市境内有古墓群50余处。旧市村的矮口墓群和老屋背墓群，属汉代墓群。南桥村许家墓群，则为唐代墓群。汉代墓群址在原旧市圩以北500米处的“相公塘”之即五里坪、五里桥后山一带，面积约2平方公里。对于汉代古墓群，民间素有“九十九堆”之称（九十九，泛指数目多，非实数）。清光绪元年（1875）《兴宁县志》称之为“疑冢”。新中国成立后，经多方勘查，正式确认“九十九堆”为一座大型古墓群。

黄土中埋藏着当地人多少梦想和希望，也记载着资兴的历史篇章。1978年至1980年，因修建东江水电站，湖南省博物馆组织考古队进行抢救性发掘，共掘墓 600余座。包括春秋墓47座、战国墓80座，以及部分汉、唐墓。在出土12000多件越文化物品中，有矛、剑、镞等兵器130余件，以及锄、纺轮、凿、罐、碗、杯、盂及铜鼎等生产生活用品百余件。其中发掘出土的两件“春秋青铜鼎”、一件“东汉提梁铜壶”，不仅有一定的文物欣赏价值，也有极高的文物收藏价值。何林雄跟我介绍，当时保守估价13多万元，为稀世珍宝，被省博物馆收藏。他称，其随葬品在组合上有四大特点：大多为百越人生活实用品；生产用具与兵器不共存；有楚越文物共存现象；兵器多，80座战国墓就有84件兵器。从出土文物中可以看出，战国时期，楚的势力已及南岭资兴地域。这为研究楚越文化的相互关系提供了实物史料。

墓地虽于1986年被东江水库淹没，但有关“九十九堆”的说法颇多。传闻异辟，究不知为谁而作也。

《地书》称有“梅花落地”，又云“金泡”，此亦山川灵淑之气荡漾而成，非必有作而致者。大堆错杂无数，曰九十九堆者亦概词。明李廷柬戏题云：“原不为疑冢，寻常孰为疑？只因疑冢立，惹得到今疑。”可为破俗。这一说法还被记入《兴宁县志》。

另三种说法，皆与飞将军李广有关。李广将军是我国西汉时期的一位英勇善战名将，力大无比，武功高强，战功赫赫，受世人称赞。民间流传他的故事颇多，且传奇神秘。在当地，“九十九堆”与李广将军的传说如下：

“九十九堆”是汉代李广将军的埋葬之地。埋葬李广将军用的是纯银打造的棺材，为防止李广将军的冢被盗，故埋了九十八堆疑冢，形成九十九堆。又称，李广将军用银棺厚葬其母，怕别人盗墓，弄了九十九堆。再有一说法，则是神奇夸张。说是李广射箭，力大无比，撒土九十九堆。抓土的地方则变成了“相公塘”。这“塘”中又有别的奇闻异事。

经过专家多年的研究，已有一个共识：“九十九堆”古墓群历史之悠久，规模之全大，文物成果之多，价值之高，全省罕见，可以说是资兴乃至湖湘区域的一张文化名片。从另一角度证明，东江湖这块土地所蕴含的历史文化内涵是非常丰富的。

第三章

流华湾◎曹广文 摄

念人记

NIAN REN JI

杰出人物集于一册，便成就了一个地方的历史，也展现了一方山水的文化底蕴。

“夺湖湘之盛，钟山岳之灵。”

这一古语是对东江湖畔人杰地灵的赞誉，它有根有据。这里，山有“九峰八面之奇”，水有“东江程水之秀”。这里的主人，又是哪般境界呢？自古便是，“衣冠人物，照耀先后”，“科甲蝉联，蜚声艺苑，乃致于极人文之盛”，皆为郴州的“望邑”。《郴州总志》《兴宁县志》和《资兴市志》等书相继为李端、焦亮、焦玉晶、文瑞姣等几十人立传，点名褒扬的对象达数百人。一个人，一个时代。杰出人物集于一册，便成就了一个地方的历史，也展现了一方山水的文化底蕴。

当然，有一句俗话也可作为读史的铺垫：历史真相是唯一的，但历史演绎则是万花筒。而演绎者是人，此人及彼人。

一

无量寿佛是一位仙佛，又是一个真人，他的籍贯便是资兴。据清光绪十一年《湖南通志》卷二载：“妙应，姓周氏，名全真，郴程水乡（今东江湖畔香花乡）人，母熊氏梦摩尼入怀，生而硕面大耳，骨瘦如柴……”如此描述，生成之相便是奇异之人。又据清光绪元年《兴宁县志》记载：“无量寿佛，姓周氏，郴程水乡人……师所生之地周源生，乡人即其地为师建刹二：一龙居寺，一广慧寺。佛母葬龙居寺后，岁时常云雨扫墓。墓旁皆产方竹，人多取为杖。”方竹，又称十方竹、四方竹，其名颇有禅意。宋人张咏曾念：“笋从初箨已方坚，峻节凌霜更可怜。为报世间邪佞者，如何不似竹枝贤。枝枝方直绿参参，林叶疏红始见心。却恐法时恶圆佞，结根遥向楚云深。”自古以来，人们便喜欢将方竹移植窗前、花台中与假山旁，以此营造环境。它与普通人的生活也有关联。除了做手杖，东江湖人家也将它做成烟杆、乐器和家具。

全真大师圆寂成佛后，广西全州湘山寺为其设有“寿佛殿”。《无量寿佛简历》称：“无量寿佛，法名全真大师，俗姓周，别号宗惠，生于湖南省资兴县程水乡周源山……”

这些记述，不仅证明寿佛身份，也言明了他的祖籍。

寿佛是一个资兴人！

释全真自幼聪颖，神悟过人，热衷于禅机义理。唐天宝二年（743），全真拜别父母，前往郴州城西北的开元寺出家受戒。因一心想学大乘教旨，后经行僧指点，到淮南径山（今杭州市北）拜道钦禅师为师。在径山，他自设一所禅关，每日叠腿打坐，闭门诵经，苦心修炼。唐天宝七年（748），全真随道钦禅师进京晋谒了唐玄宗。在京城，他与道观羽士斗法，大败羽士，深得玄宗皇帝赏识。玄宗即赐号其师道钦禅师为国师。公元756年4月，全真到广西湘源县（今广西全州），开创净土院（后为湘山寺），任住持，升座讲经，开演大乘教义，高僧从者甚众。全真在湘山度生无数，声名远扬。当时江南数省无不知道广西湘山有圣僧在，禅林极盛。所以，湘山寺被誉为“楚南第一禅林”。

在他主持净土院78年后，106岁高龄的全真独自隐居覆釜山（今全州宝鼎岭），长达12年之久。其间，全真与大自然为伍，静心坐禅，冥想妙理，创作了大量传承佛教的诗歌和偈语，汇集为《牧牛歌》《湘山百问》，为探索长寿之谜提出了深刻而独到的见解。

其中，全真大师毕生以身作则实践教义，教人行善，所作歌偈达数十万言，辑为《遗教经》。他提出“说得一尺，不如行得一寸”，主张“佛法在心不在相”，这些道理皆是净土宗向禅宗演化的具体表现。同时，他强调“以身为寿，其寿有量；无身为寿，其寿无穷”“仁者寿，寿者静，静故万物生焉”“与天地而同根，共万物为一体”，倡导真心无妄，悟静淡泊，强调人与自然和谐相处。全真的主要思想体现为“和”“寿”“静”“行”“实”，其思想对我国考文化的形成及其发展作了精辟的诠释。金真著作亦不乏“经世致用”，因人面教。他对士大夫宣扬“忠孝是佛”，对农工宣扬“勤俭是佛”，对商贾宣扬“公平是佛”，故见其对佛性理解极其透彻。这都是他的理论成果，弥足珍贵。

唐咸通八年（867），全真在佛教“松花大会”上端坐圆寂，享年138岁。另有一说，166岁。全真德懋寿高，被尊为“寿佛爷”。

五代后晋天福四年（939），楚王马先范因湘山为全真大师坐化之地，向后晋高祖石敬瑭奏准将湘源县改为清源县，并置全州。全州以寿佛“全真”第一个字冠名沿用至今。历代有多位皇帝膜拜湘山寺。宋徽宗赐全真为“寂照大师”；宋高宗封全真为“慈佑寂照妙应普惠大师”。以后，宋宁宗、宋理宗又累次敕封全真。康熙帝为湘山寺御书“寿世慈荫”匾额；咸丰帝敕封全真为“保惠无量寿佛”。寿佛的佛法影响遍及大江南北、港澳台及东南亚地区，享有“西祖阿弥陀，东宗无量寿”之美誉。

正是缘此，资兴有一座寿佛寺。寿佛寺原址位于周源山，离东江

寿佛寺◎曹广文　摄

湾仅有5公里。作为闻名遐迩的佛教圣地，鼎盛时期，寿佛寺僧尼百余，寺院有田产数千亩，年收租数千担，兼有丰厚的捐资。香客络绎不绝，寺院仍有资力为远方香客提供免费住宿。据说，其香火之盛可与南岳比肩。故龙居寺石柱上镌有对联曰：“此处就是普陀山，何必远朝南海岸。”以普陀自比，傲视南宗。

后来，寿佛寺重建，新址选定东江湾。作为寿佛寺重建的参与者及项目负责人之一，我有幸参加重新选址以及正式动工整个过程。

寿佛寺新址，之前俗称凉树湾松毛岭。起初，该地并没作为备选点。主事者们曾勘察过几个地方，但均不满意，他人推荐的地方仍被否决。那日上午，众人来到东江湾，攀上凉树湾松毛岭。当我们翻过一个陡坡时，每双眼睛似乎都是当即一亮。这地方便是如今的寿佛寺所在地。它被选作寿佛寺重建地址，具有众多优势。凉树湾松毛岭与周源山同属罗仙岭山脉，这当然是一渊源。同时，山岭层次感强，山上地势平坦宽广，自然景观尤其理想，山岭朝向好。从传统文化角度看，左右山岭形似青龙白虎。前面又是东江湾。所以，它当属一块兴建寺庙的宝地。如今，这里香火甚旺，即可验证当年选择是正确的。

在我眼里，即是周源山当年林木苍翠、小溪潺潺，风景优美而宁静的环境被成功“复制”到了新址。清朝诗人黄捧日游览周源山时曾诵：“烟雨春深锁碧峰，到来初地问禅宗。池边老鹤依朝磬，涧底啼鸣答晚钟。清梵欲沉高殿月，翠涛长卷隔溪松，残僧退院稀逢客，花落廊阴鲜色浓。”这首诗似乎就是为此时的寿佛寺所写。

2006年2月6日，在松毛岭举行了寿佛寺修复建设工程动工仪式。天未见亮，我陪主事者前往周源山寿佛寺旧址上香。一路都是倾盆大雨。当我们返抵动工仪式举办点时，仍是云重天沉。但在宣布正式动工鸣炮声中，阳光忽地从云缝中直喷下来。

众人大喜，皆称吉兆。

寿佛寺举行落成开光庆典时，天降祥云，祥云笼罩在龙寿图案的上空，盘旋不去，一幅云飞、龙舞、“寿”祥的奇观美景呈现在人们眼前，为寿佛寺增添了一层神秘的色彩。在僧人诵经声及悠鸣钟磬中，或许无量寿佛正枕着东江湖的涛声，放眼风物，虚怀若谷，好了人间一番风景。

在东江湖畔，寿佛的故事流传甚多，极广。“寿佛井的传说”“周源山面壁修炼”“鱼上山吃草的故事”“飞龙桥传说”“寿佛放牛”“牛岭传说”“洗肠江传说”“寿佛抓癞痢炒菜传说”“寿佛与猪佛斗佛”等故事尤为精彩。大多故事收集在资兴市政协文史委员会、资兴市佛教协会合编《寿佛释全真》及袁晓燕所著《寿佛故事》《资兴民间故事》等书中。

二

东江湖畔曾出过两名状元，一个是唐朝的王吉显，一个是元朝的曹一本。王吉显，未见其有详尽记载，却也因此有了几分神秘。但曹一本至今仍是一个如雷贯耳的人物。

曹一本，元朝大德甲辰科状元，程水乡水头坝（今回龙山下柏树村）人，出生在传统诗礼世家。父亲曹邦智，举人出身，曾任教谕。曹一本早年跟随父亲学习孔孟儒家经典，又在观澜书院就读，遍览经史子集，擅长书法，专研金石，诗文俱佳，天才颖悟，策对精良。如今，仍有其过目不忘之本领等种种传说。后专精于研习二程理学。二程，即程颢和程颐，周敦颐弟子。周敦颐曾在如今东江湖上游的桂阳（今汝城）任县令，二程也随师在汝城呆过一段时间。程颢在东江湖上游的予乐湾写成《春日偶成》，曰：“云淡风轻近午天，傍花随柳过前川。时人不识余心乐，将谓偷闲学少年。”彼时途经予乐湾的河水又哗啦啦拐了九十几道湾流入了今日的东江湖。当时，曹一本主张经世致用，存天理而灭人欲，倡导求真务实之学风，不苛求文字之学。未第时，他毅然与父兄携手，率族亲恢复先祖曹行锡在南宋绍定理宗年间创建之观澜书院。

观澜书院◎蔡春生 摄

从此，观澜书院一直是资兴八景之一。观澜书院，亦称醽醁书院，曾名醽泉书院。观澜取《孟子·尽心上》中“观水有术，必观其澜”之意。书院面对回龙峰，左有天太平仙钟声缭梁，右前方有笔架山和七宝山相拱，后有青松翠竹相拥，前有醽醁泉潭清澈如许，两侧有河流映带左右。书院曾有一副对联，上联“望日庆升平，仰凤岭回山，气象峥嵘峙绣虎”；下联“观澜汇学海，带桃源醁水，文机活泼衍雕龙”，足见这书院气度非凡。面对这副楹联，曹一本该会有许多触动。

据史料记载，观澜书院一度成为宋元时期儒学传播的要地。元成宗大德六年，郴州教授左元龙为书院题记，详细记述了书院的发展历程，盛赞曾任堂长的曹一本开坛讲学，倡立观澜书院学会，秉持以教育人才为第一要务之精神，培养族党之少俊。其时文风兴盛一时，湖广子弟慕名前来求学者甚众。

至今民间仍有传说，曹一本讲学时，清旷闲淡，颇见气场。当时，在醽醁泉畔设有醽醁社。“社仓以养民，社学以教民，社会所以济民，皆取同社之义；而饮社、腊社则取祭祀以庇民也。”

曹一本，确是一个传奇人物。元大德八年（1304），曹一本进京赶考，登状元及第，授左春坊。堂弟曹一筵，字如叟，号希铭，得二甲传胪，官至翰林学士。曹一鉴，字如珩，大德十一年中进士，曾任广西梧州知州，后升户部郎中。兄弟连袂登皇榜，史上少见，一直被传为佳话。后人有诗赞曰：

兄弟高占一鳌头，凤舞鸾飞众鸟愁；
山色不知天远近，魁名当镇万人楼。

据载，进京赶考时，考官问来者何人，曹一本即兴赋诗一首：

一曲当头日正明，女子开口笑盈盈；
过了十一又十一，乃是金榜第一名。

殿试时，皇帝看了曹一本呈上的地形图，便说：“斯地水浅地薄，不足以取功名。”曹一本从容策对道：“水浅龙现角，地薄早生芽。”状元及第后第二年，曹一本从京城一路南下，溯湘江，入耒水，舟楫劳顿，在便江之滨的永兴弃舟而行。他登岸拜见岳父一家。衣锦还乡，自然觥筹交错。之后，曹一本沐浴，突感风寒，卧床不起，不日英年早逝。

曹一本就近葬于永兴邑十八都洪波湾，当地习俗所使。后文字多散佚。但《湖南通志》《兴宁县志》《醽醁曹氏族谱》、左元龙著《重修观澜书院纪实》均有其事迹记载。

三

曾经读过《瑹玗八景》古诗。景八处，诗八首，皆有韵味。我尤其喜欢其中的《瑶岭烟雾》《玉泉映月》。

瑶岭烟雾

四野岧峣万象罗，晴空屹立势嵯峨。
霞绡片片连金壁，烟雾重重拥翠娥。
仙客庭前丹窀冷，天鹅池上水风和。
咏泳丞相今何在，留得新题到处歌。

玉泉映月

潜脉渊渊一窍通，晴秋长夜月溶溶。
浴波素魄闲千古，濯镜清晖澈九重。
汩洒公明金刹地，清冷仿佛水晶宫。
源头何日风云便，会见潜鳞上太空。

另有《文峰晓照》《宝盖晴云》《兜率渔歌》《风云樵唱》《清江绕带》和《泸渡归舟》六首。

《瑹玗八景》的作者是李端。他是瑹玗村人。东江湖蓄水后，人们已经看不见这一古村。但那句“瑹玗的枣子，秀流的女子”仍在民间流转。据说，那时候的瑹玗四周皆是枣树，高大茂密，似是将村子拱卫。春季枣花飘香，秋日枣红醉人，看一眼垂涎三尺，咬一口香甜酥脆。这村子还有一奇，即旁边古井中的水量不仅四季稳定，夏日清凉透肤，喝一口爽透灵魂；冬时温暖如玉，洗一洗能使僵冻自解，宛如温泉。尤为奇妙是一早一晚，整条井边银雾缭绕、涌动翻滚，恰如一条乳白绸缎舞动于田野。

非凡之地，便有非凡之人。最令瑹玗村民引以自傲的便是李端。李端，生于1424年9月，卒于1521年9月。他天性通达敏捷，学问渊博。这当然一点不假。但在我眼里，他是一个履职尽责、鞠躬尽瘁的好“干部”！明景泰元年（1450）考取举人。时隔七年，即天顺元年（1457），他又考中进士，后授顺天府固安县知县。

李端上任后，首先查询百姓疾苦，排忧解难。当地有个叫甄家的地方，因河道缺口，百姓苦不堪言。对于此河道，前任们也曾多次治理，却一直没有从根本上解决问题。李端到任后，亲自带领人马沿河勘测，分析实情，集中人力财力对河道进行疏导、砌固，彻底消除了水患。他发现固安百姓负担过重，因捐税和徭役而逃离家乡，致使田土荒废，于是断然改革制度，制定科差等级等措施，让百姓能够承受。这样，当地700多户外逃人员纷纷回家复业。李端办事秉公求正，治恶扶弱。当地驻军中，有的兵勇性情刁泼，任意残害百姓。李端得知这事后，将恶兵绳之以法。李端为官公正求实，声名远扬。百姓邻里遇到纠纷案子，都会跑到县衙求李端评判，最后皆能得到圆满解决。在他主持之下，修理公署，扩建学校，整洁祭坛，增设邮递，原已荒废的公共事业逐渐兴旺起来。

在固安，李端为官六年（1460-1466），做了很多深得民心的事。

明代成化二年（1466），李端被派往永平府滦州（今河北省唐山市滦州市、滦南县一带）任知州。李端到滦州上任后，政绩越发突出，把一个纠纷众多的滦州治理得井井有条。当时有首民谣这样评价李端："大户见的怕，小户见的喜。再过一二年，家家有余米。"

经御史陈相、项忠等人交相向朝廷举荐，李端迁任涿州（今河北省保定市涿州市一带）知州。涿州过去被称为难以治理之地。李端到职后，大力整顿社会风气，很快打造了一个百姓安居乐业、军民相安无事的新局面。

鉴于政绩突出，李端很快升为杭州知府。这是一个很抢手的职位，有多少人梦寐以求，甚至不择手段谋之。李端得之，似是极易。但他把这次赴任作为一种担当。后有同僚为他发出感叹，称之：李端是李端，仍没让他成为一个"镀金活菩萨"。杭州的百姓比较富足，铺张浪费互相攀比成风。李端到任后，厉行节约，严禁浪费，很快纠正当地陋习。如此一来，富商们对李端敬而远之。

之后，李端被任命为河南按察使。此时，他年事已高，便恳请朝廷让其告老还乡。

李端返回瑛玗后，勉励儿孙立志读书，规劝乡邻勤俭孝悌。同时，游览山川成了他一大爱好。在山水之间，他饮酒赋诗，留下有《云盖仙林》《玉泉水月》《东江渡》《瑶岭》等诗文。李端家教有方，其子李邦宪，于明成化十年（1474）考取解元，后著有《五行日补》《服议》等论著和许多诗文；李端之孙李廷柬，于明嘉靖十九年（1540）考中举人，后归隐故乡，纂修县志，所写五言律诗，文辞隽永，至今传颂。

李端去世后，葬于家乡大栗山，其事迹载入明朝《一统志》。《郴州总志》《兴宁县志》也为之立传。而且，李端时常被后人惦记。记得，一友人文中就曾这般描述当时其中一个场景：

江边古渡岸那棵枝繁叶茂的大樟树，拴着一只渡船。这时，古渡来了一位先生，自称叫李端。当艄公将渡船的棕绳从大樟树上解开的时候，一汪东江水正泛着银色的光，追波逐浪，弯弯绕绕向东泻去。李端当即感慨："茅店鸡声人渡月，霞天渔唱柳横舟。"那一刻，江边古渡就像一幅水墨丹青，令人心旷神怡。李端渡过江后，一步三回头。他恋恋不舍却不得不离去时，还在自问："何日临流沾一醉，西风长笛倚江楼。"这份痴情、潇洒与风流，自古不知迷倒了多少轮江上的明月。

直至今天，这首脍炙人口的诗还不时被人从嘴里哼出。只是眼前，早已不见那位临流沽酒、长笛横吹的李端。

四

在东江湖畔的石鼓村，有一石鼓书院。村里程家人喜欢将它称为“程子楷书院”。程子楷，这位辛亥革命的先驱，著名的爱国人士，出生于石鼓村。1905年，程子楷赴日本留学，其间回乡省亲，捐款建造书院，并亲自设计图纸。

程子楷人生历程颇具传奇色彩。清光绪丁酉年（1897），程子楷以生员资格参加科举考试，颇受主考官的赏识，被选为拔贡生。京城殿试，钦赐举人，被任命为湖北省枣阳县知县。甲午战败之后，面对西方列强虎视眈眈、妄图瓜分中国的危急局势，程子楷“唯恐神州陆沉夷狄兽域，赤胆沥裸，愤清廷纪纲废弛，苟非维新革政，与世更始，难拯天咎时艰，不足救国苏民”，便毅然弃官东渡日本，进入日本陆军士官学校学军事。在日本江户，他谒见了孙中山先生，推翻满清、建立共和的共识使两人心心相印。

他加入同盟会时，被推举为同盟会副揆（副执事）。

程子楷从日本陆军士官学校毕业。受同盟会委派，他与蔡锷一道到了广西南宁，初任新军教官，后升任管带。之后，程子楷奉命北上前往北京观摩新军会操。行至河南驻马店，闻武昌起义爆发，他当即改变计划，转身南下。他抵达武昌后，很快在革命军总司令部担任作战参谋。他身先士卒，和革命军一道重创清军，敲响了清王朝的丧钟。

袁世凯派人在上海刺杀了宋教仁，辛亥革命成果面临危

东江湖白廊桃花©曹广文 摄

机。程子楷与谭人凤、蒋翊武等人积极策划反对袁世凯的斗争，被任命为湖南讨袁军第一军军长、代理总司令。袁世凯得知后，下令剥夺程子楷等人的军职，并“严拿查办”。程子楷被迫逃往日本。袁世凯公然称帝时，举国震惊。程子楷极为愤慨，又毅然从日本回国参加护国战争。他响应蔡锷的云南起义，立司令部于广东肇庆，任第一混成旅旅长兼攻赣右翼司令官。为表彰程子楷在革命中的功绩，程子楷被授予陆军中将军衔。

后来，程子楷南下广州参加护法战争。他出席了孙中山先生召开的国会非常会议。不久，程子楷回到湖南，任省清乡督办兼筹饷督办，指挥护法军在郴州、衡阳、宝庆等地同敌军作战。护法战争结束后，程子楷出任湖南省政府高等顾问。但他看到民国多难，军阀混战，国是日非，悲痛不已，便毅然辞职，退隐上海。时隔不久，程子楷离沪返湘。他在长沙住了一段日子，转而隐居岳州（今岳阳）。之后，他返回故乡石鼓程家，纂修《资兴石鼓程氏族谱》。

程子楷虽已隐居，仍心系国家安危。

1937年7月中旬，程子楷前往长沙，向湖南省政府主席何键提出要为抗战效力。何键笑道：“嵩山兄年事已高，身体为要，抗日之事，弟等敢不尽力？勿劳费心。”听何键这一番话，程子楷激动地大声说道：“老朽虽不能上阵指挥、亲手杀敌，然而出点主意、鼓鼓士气总还是可以吧。”说罢，他抓起电话就要拨给第九战区司令长官陈诚。何键见状，只好应其所求，聘程子楷为省政府军事参议。程子楷稍作安顿后，便前往长沙城内了解民情。同时，程子楷认为日寇势必南侵，湖南备战迫在眉睫，为此曾几番去找何键，何键却说：“湖南不会有战事，不可自扰。”

当即，程子楷一吁。

11月中旬，张治中继何键为湖南省政府主席。上任后，张治中采取了一系列有利抗战的措施。程子楷积极支持和参与各种抗日活动，亲赴湘北岳阳、常德一带考察地形地貌，为制定军事方案提供情况。

1938年11月，长沙“文夕大火”，张治中去职。

次年2月，第九战区代司令长官薛岳兼任湖南省政府主席。南昌失陷后，薛岳立即召开军事会议研究战略部署。程子楷作为军事参议参加会议，根据以往的作战经验和之前所做考察掌握的情况，提出了不少颇有见地的建议和意见。

1939年9月中旬到1942年1月中旬，三次长沙会战相继进行。程子楷由于年老力衰，又属非作战人员，每次会战前都被薛岳安排撤至耒阳。他虽在后方，却是心系长沙前线的战况。会战结束时，程子楷即前往军营慰问部队，到医院看望伤员，甚至到战地悼念阵亡将士。

1944年4月中旬，日军实施“一号作战”计划，大举进犯豫湘、桂。长沙失守，衡阳沦陷，湘中铁路沿线大部分县城沦落在日军手中。

程子楷如往常一样，战前被安排撤至耒阳，随着日军的紧逼，又撤至郴州。此时，72岁高龄的程子楷体弱多病，心情又是郁闷，已步履维艰，不得不返回资兴老家。很快，程子楷便请人代笔给资兴县长何子伟和驻守资兴暂二军军长沈发藻写信，请求加紧备战，抗日御敌。同年11月，资兴县成立了一支300余人的县自卫大队，配合国民党暂二军对日作战。同时，程子楷召集附近村民开会，激励民众抗日。

1945年1月26日，日军占领郴州。2月3日，日军侵入资兴境内，木根桥、三都和香花一带沦陷。程子楷与一些乡亲躲入深山野岭之中。日军驻资兴司令部司令高桥，探知程子楷深孚众望，便派小股部

程子楷学堂◎陈雄鹰 摄

队四处寻找。

十天后的傍晚，日军入山搜到程子楷。日军对程子楷进行胁诱齐施，饵之以伪司令职。程子楷操日语痛斥日军，坚拒出任伪职。由于他年事已高，身体虚弱，加之愤慨日军侵略行为，情急之下，当场晕倒。

程子楷醒来时，发现自己躺在一间村里较为讲究的屋子里，又见门口有日本兵把守，便明白自己被俘了。他痛惜国破家亡，自己又是年老体衰，无力杀敌御侮，唏嘘一番，便自缢。

1946年，鉴于程子楷为国民革命建立的功勋和崇高的民族气节，追授其陆军上将军衔。

五

苏轼写过一首词，名《立春》。“春牛春杖，无限春风来海上。便丐春工，染得桃红似肉红。春幡春胜，一阵春风吹酒醒。不似天涯，卷起杨花似雪花。”诗人笔下真是一番好春景。牵着春天的耕牛，拉起春天的犁杖。并且把春神也请来了，将桃花染得像肉色红。即便是一副泥塑造像，此刻也让春天栩栩如生。

东江湖畔春牛村，不知是否因此诗而得名。

在当地文联主席李孔辉的陪同下，我特意来到春牛村。这里四面环山，中间略为开阔。远远望去，村前的峰峦像一头巨型的牛，永乐江犹如一根碧绿的绳带，从“牛”的鼻头穿过，牵牛坳因此而得名。这一带，山清水秀，淑气盘桓，土地肥沃，物产丰饶，当地人安居乐业，宛如一处“世外桃源”。

曾中生和曾希圣就是从这座传统村落走出来的。前者列入中共三十六位军事家名册，后者被称为“红色密码之父”。曾中生与曾希圣也是一对亲兄弟。曾希圣出生于1904年10月11日。小时候，他就是春牛村出了名的“孩子王”。他喜欢跳进村前的永乐河游泳、摸鱼、捉螃蟹，在刚刚割了稻子的水田里抓泥鳅和黄鳝，但最喜欢的一件事，当然是与哥哥一块坐在树蔸上，听爷爷曾道钊讲岳飞精忠报国和水浒传等故事。

李孔辉跟我讲了一个故事。

有一次，曾希圣与伙伴跑到宗庙捉迷藏，毫不顾忌地在菩萨身上窜上窜下，东躲西藏，弄得满身是灰。甚至他将一个个头小一点的菩萨从庙里抬出来，扔到路上。吓得大人们又跪又拜，焚香焚纸，把菩萨恭恭敬敬地捧到原位上去。曾希圣则躲在一边偷偷地笑。

其实，曾希圣在家乡还留了许多充满传奇色彩的趣事。

曾希圣7岁时就嚷着要跟哥哥一起去上学，母亲便把他与哥哥送进了他爷爷开设的“黄阳学馆”。曾希圣聪明好学。放学回家后，经常学老师的腔调，有板有眼地念给两个姐姐听，还一边讲解。两个姐姐没读过书，感到很新鲜，像学生听先生讲课一样，专心致志。有时，“小老师”记不清楚了，讲了一半就跑去问爷爷，直到完全明白了，又过来继续讲给两个姐姐听。因此，两个姐姐特别喜欢这个弟弟。

曾希圣从小习武，功夫非常了得。据说，家里有一只200来斤重的大石臼，同龄人需要两三人才能移动，但曾希圣一个人即可将大石臼抱起，走上七八步，又转身放回原处。

那一刻，让多少人看得目瞪口呆。

后来，曾希圣考入湖南省立第三师范学校，在校期间积极参加进步学生运动，加入中国社会主义青年团组织。几年后曾希圣考入黄埔军校，曾就读于中国国民党政治讲习班。这时，他加入改组后的国民党，随军北伐，先后任国民革命军第八军团指导员、汉口教导团军事队队长等职。大革命失败后，曾希圣加入中国共产党，被派往国民党军队任职，秘密从事兵运工作。

1930年，曾希圣被调往汉口，担任中共中央长江局军委秘书长。同年冬，前往上海并担任中共中央军委谍报科科长。他曾获取国民党第三次“围剿”中央苏区的军事计划。1931年冬，曾希圣进入江西中央苏区，担任红军总司令部侦察科科长。第二年，参与创建中共中央军委二局（情报局）的工作，并担任局长。1933年8月，中央军委授予他二等红星奖章。他所领导的二局，多次截获并破译国民党军队的无线电密码，为红军反“围剿”作战和长征的胜利作出了卓越贡献。

抗日战争爆发后，曾希圣先后到中共中央社会部、中央南方局、新四军军部等处工作。他任新四军第七师政委时，兼任中共皖江区党委书记，具体负责筹建新四军第七师，指挥部队与日、伪军作战，开辟了皖江抗日根据地。他发动根据地军民开展大生产运动，创办一大批军需民用工厂，为兄弟部队提供大量物资和财政援助。日军投降时，七师由创建时不足2000人发展到3万余人，收复领土达15万平方公里。

解放战争时期，曾希圣先后任晋冀鲁豫野战军副参谋长、中原人民解放军副参谋长兼豫西军区司令员等职，率部参加淮海战役。1949年3月，他任中共皖北区委书记兼第三野战军皖北军区司令员、政委。

新中国建立后，曾希圣先后任安徽省委书记、第一书记。他在中共八大上当选为中央委员。1960年10月，又兼任中共中央华东局第二书记、中共山东省委第一书记、原济南军区政治委员等职。

再说曾中生。至今，村里人依然喜欢将曾中生称为“东乡才

曾中生、曾希圣故居（资料图）

子”。这当然有缘故。之前，他叫曾钟圣。

1900年6月10日，天还没大亮，一个孩子诞生在曾家村，洪亮的哭声打破了小山村的宁静。邻居前来道贺，都称：“这孩子天庭饱满，一脸福态，将来定有大出息。”其父亲曾经伦、祖父曾道钊听到这番贺词，笑得合不拢嘴。曾道钊便给长孙取名为曾钟圣，字炎光，希望他读好圣贤书，日后能学业有成，光宗耀祖。

曾中生从小喜欢读书。有一次，他在山上砍柴，脑瓜里还在默诵《诗经》中的《硕鼠》：“硕鼠硕鼠，无食我黍！三岁贯女，莫我肯顾。逝将去女，适彼乐土……”一不留神，把手指砍了一道深深的口子，鲜血直涌，他赶忙嚼了一把桎木树嫩叶包在伤口上，待血止了，又继续砍他的柴，背他的书。下午回到家里，母亲见了，边给他换药边心疼地问：“你的手指伤得这么厉害，不痛吗？”曾中生回答：“妈妈，我一背起书来，伤口就不痛了。”

在学馆里，曾中生成绩一直名列前茅。当时，学生没完成作业，或者违反教规，是要被先生打掌心的。十几名学子都被打过，唯有曾中生未受这般责罚。由于家境不宽裕，无力同时负担两个孩子到汉宁高等小学上高小，只好让曾中生去读，委屈弟弟曾希圣留在家中务农。但曾中生不愿看到弟弟被耽误学业，一边鼓励弟弟不要灰心，继续学好功课，一边说服父母，一定要想办法送他弟弟入学。第二年，曾希圣如愿以偿，也得以进入汉宁高小。

汉宁高小，坐落在县城西北偶，始建于南宋，最初称为“文昌书院”。清乾隆十九年（1754）改称“汉宁书院”。1912年，改作“汉宁高等小学”。校园风景秀丽，环境幽雅。学校教授孔孟之道不多，大部分是一些通俗的白话文课本，也允许学生参加社会活动。曾中生在这里如鱼得水，如饥似渴地学习。每天天刚亮，他就起床到校园后山的文昌祠旁，打几路拳脚，再坐下来读书。他除了读课本外，也阅读了大量的课外读物，尤其喜欢看反映时事，抨击时政，宣传新思想、新文化的报刊。他写的文章，文笔清秀，内容丰富，颇有新意，深得老师的赞赏，经常作为范文在班上宣读和在学校里公布。他在同学中，渐渐有了名气。

暑假的一天，曾中生到黄阳书馆去玩。书馆主人听说曾中生是个聪明好学之人，便请他写副对联。曾中生欣然允诺，一挥而就，左联“黄种于斯为盛”，右联“阳光到处皆增”。对联既表达了他的雄心壮志，又展现了中华民族必然强大、学校前景光明的寓意，可谓内容深刻，相得益彰，深得师生和社会称道。于是，“东乡才子”这称呼也就叫开了。

1917年，曾中生考入郴州郡第七联合中学。这时，他已长成一个腰圆肩宽、浓眉大眼的男子汉，非常精干。这得益于他在习文之余，长期坚持练武，寒暑假期间，又得到多位武师悉心指点，练就了一身硬功夫。

1919年5月，爆发五四运动。曾中生积极投身反帝爱国运动，成为学生中坚分子。他作为学生代表参加了郴属各县学生代表会议，会上成立了学生联合救国团。他在郴县文庙召开的国民大会上，发表了激情洋溢的演讲，号召各界抵制日货，“以达到还我青岛之目的”。同时，他被选为郴属学生联合会干事。

后来，据他的同学李奇中（新中国成立后任国务院参事）回忆称：“中生为人刚毅豪爽，勤奋好学，星期天也不放过，喜欢历史和地理，课余之下，常与同学谈古论今，探究学理。他能谈会道，长于辩论。在中学时，成绩特别优秀，活动力极强，是学生会干事，被称为全校的高才生，深受同学们的拥戴。”

回龙山雪景◎曹广文 摄

后来，他考入黄埔军校第四期。在校期间，曾中生参加中共党组织领导的“青年军人联合会”，并任《青年军人》撰稿人。同年加入中国共产党。军校毕业后，曾中生曾在国民革命军第八军前敌总指挥部政治部担任组织科长，参加北伐。北伐军占领武汉之后，他担任《汉口民国日报》主笔。1927年蒋介石叛变革命后，他积极联合国民党左派，参加讨蒋斗争。同年9月，曾中生赴苏联莫斯科中山大学学习，参加了在莫斯科召开的中共第六次全国代表大会。回国后，他先后任中共中央军事部参谋科科长、中共南京市委书记、中共中央军事委员会委员、武装工农部部长。

1930年9月，曾中生被任命为中央特派员，前往鄂豫皖苏区工作。当时，正值蒋介石调集近10万兵力向鄂豫皖根据地开展第一次“围剿”。面对这一紧急局面，曾中生组织制定反“围剿”战略战术。在利用地方武装广泛开展游击战争的同时，集中红军主力突破敌人弱点，很快打破敌人的包围圈，一举扭转武装斗争的被动局面。皖西革命根据地全部恢复，红军发展到8万人。

1931年1月，红十五军与红一军会合，曾中生根据党中央指示，将两军合编为红四军。为了扩大战果，曾中生指挥红四军向东汉铁路沿线战区发动新的攻势，采用“飘忽战术”，先后取得李家寨、柳林河东站、双桥镇战役的胜利，在鄂豫皖反“围剿”中获得胜利。

对此，1984年徐向前在《诱敌深入，飘忽制敌》中写道：“假如不是曾中生同志及时采取一系列应急措施支撑局面，该情形还得严重得多。”

1931年受“左”倾机会主义影响，张国焘等人指责曾中生在鄂豫皖根据地长期以来执行都是“非布尔什维克路线”等，将他调任红四军政治委员。曾中生到红四军后，与旷继勋、徐向前等红军将领一起，继续率领红四军英勇作战，取得鄂豫皖根据地第二次反“围剿”的胜利。张国焘却无视战争胜利的取得，继续对曾中生进行迫害和打击，并撤销曾中生红四军政治委员职务。同年12月，曾中生被委任为西北革命军事委员会（即红四方面军）参谋长。1933年2月，中共川陕省委成立，曾中生当选为省委委员。曾中生特别注重提高干部的指挥管理能力和部队的军事素质，并投入大量精力开展军事理论的研究，相继写出《与川军作战要点》《游击战争要诀》《与“剿赤军”作战要诀》等军事理论著作。

如果用一句话来描述曾中生，即可借用罗贯中在《三国演义》中对蜀汉大将姜维的评价：“文能提笔安天下，武能上马定乾坤。”

1935年3月，红四方面军西渡嘉陵江开始长征。在长征途中，曾中生被张国焘派人在四川卓克基北面的密林中秘密杀害，时年35岁。这当然是历史进程中一大憾事。后来，徐向前在《历史的回顾》一文中，曾对曾中生有极高的评价，称他是“杰出的共产主义战士”。

六

柏树村出了一个空军副司令。这人便是曹里怀。1955年，他被授予中将军衔，长期担任空军副司令员，党的九届、十届、十一届中央委员，在党的十二大上被选为中央顾问委员会委员。

曹里怀从小胆略非凡。1925年6月，年仅16岁的曹里怀得知北伐军打到长沙，黄埔军官学校在长沙招生，他便一个人从资兴蓼江坐船到长沙投军。第二年，他报名当红军，之后上了井冈山。朱德、毛泽东一见勇敢又灵活的小战士，非常喜欢，又见曹里怀有中学文化，便将他调到军部当文书。曹里怀却执意要下连队当兵，要在战火纷飞的战场上冲锋陷阵。他有勇有谋，在战场上游刃自如。仅三年半时间，就从一名战士成长为班长、连长、团长，1931年被提拔为带领数千人的红七师师长。

长征途中，曹里怀担任红五军团参谋长，反对张国焘分裂红军路线。张国焘以泄露军事秘密和反革命罪要处决曹里怀，幸有朱德保护才得以死里逃生。

抗日战争时期，曹里怀担任陕甘宁边区留守兵团参谋长，具体负责保卫边区、保卫党中央的工作。抗日战争胜利后，他奉命率部进军东北，担任东北纵队司令，与西商纵队、东南纵队分进合击，攻占长春，歼敌2万余人，取得抗日战争胜利后我军在东北的第一个重大胜利。

曹里怀将军南征北战，身经百战，包括参加平津战役中的天津之战、川东千里追敌和南下湘西剿匪。

在天津之战中，曹里怀担任攻城主力部队38军副军长兼参谋长。

曹里怀将军（中）在探亲时与老家亲人的合影（资料图）

双方激战处于白热化，前方电话线不断被敌军炮火炸断。曹里怀冒着敌军炮火坐着装甲车冲到最前线指挥作战。

1949年5月，曹里怀担任47军军长，率军转战河北、河南、湖北、四川，渡江南下，抵达湘西，歼敌第122军大部。接着，他配合刘邓率领的第二野战军进军大西南，率部展开历时40天的川东追击战，一直打到重庆，歼敌1.1万人。同年12月，他奉命返回湘西剿匪。曹里怀率领第47军这支神勇部队，历时一年两个月，经过无数次大大小小战斗，肃清湘西22个县的土匪，共歼敌9.2万余人，威震八方。

1951年4月，曹里怀受命率第47军6万余人奔赴朝鲜战场，参加抗美援朝。在之后的两年多时间里，他率部与敌人作战252次，歼敌3.4万人。在所率部队获得解放军总部嘉奖的同时，曹里怀被朝鲜授予二级国旗勋章。

1956年6月，曹里怀被调任空军副司令员兼作训部部长，直到1982年退居二线。他为我国人民解放军空军的建设、发展和壮大作出了重要贡献。毛泽东对曹里怀这位开国中将始终念念不忘。时至晚年，毛泽东曾念一首辛弃疾的词，其中有一句叫做“天下英雄谁敌手，曹刘”，毛泽东特意解释道：“曹是曹里怀，刘是刘震。”

曹里怀文武双全。在他战功赫赫的同时，还创作有《怀念井冈》《千里追穷寇》《难忘的战斗——忆解放天津二三事》等大量纪实回忆录。

七

1949年12月，白薇离开自己的老家湖南资兴，前往北京。这是湖南省委接到周恩来总理指示后，特意做出这次安排。白薇抵京后，毛泽东将她接至中南海，饶有兴趣听她讲述在家乡打游击的情况。

之前，白薇也见过毛泽东。

民国三十四年（1945），毛泽东赴重庆谈判。周公馆举行招待进步妇女活动时，白薇应邀出席。毛泽东握住她的手说："我经常记起你，丁玲和你是我们湖南的女作家。"并鼓励她说："你没倒下，在政治上没有倒下，在思想上没有倒下。"

眼前，很多人都不"认识"这位女作家。但一看她的照片，都会惊呼："哦，真漂亮！"

她的美丽，或与家乡这一方山水有渊源。秀流是白薇的故乡。秀流者，水秀也。秀水环村，必生丽人。白薇在当年就是一个出名的美女。鲁迅先生第一次见她时，就称："你像仙女！"

足见白薇的颜值多高哇。

1894年2月5日，白薇出生在湖南资兴南乡水碧山峻的秀流村。祖父名黄秋芳，是位武官。祖母赵翠兰，据称曾为太平天国王府里的宫女。父亲黄达人，科举时曾应考，光绪末年留学日本，与同盟会中人关系密切。归国后创办学校，灌输新知识及鼓吹革命。辛亥革命风云变幻，他无心恋政，专心开矿，想以实业救国。未料，列强觊觎，其志难成，便潜心研究医学，成为远近闻名的一位中医。母亲何姣灵，崇山峻岭中的富家闺秀，精明能干，善理家政。

白薇姊妹兄弟七人，她居长。自幼多病，终日跟着祖母和母亲习女红，自七岁到十岁每天从天亮做到点灯，还要熬夜。全家的花鞋子、花手巾、门帘、帐檐及亲戚嫁女的东西，都出自她一人之手，劳累得终年黄瘦，身体极坏。后来她几经抗争，才得以进入父亲办的学堂读书。不料新派的父亲对女儿的婚姻却坚执"父母之命是千年祖训，祖宗之法不可违"的落后传统，威逼她嫁给一个不喜欢的男人。

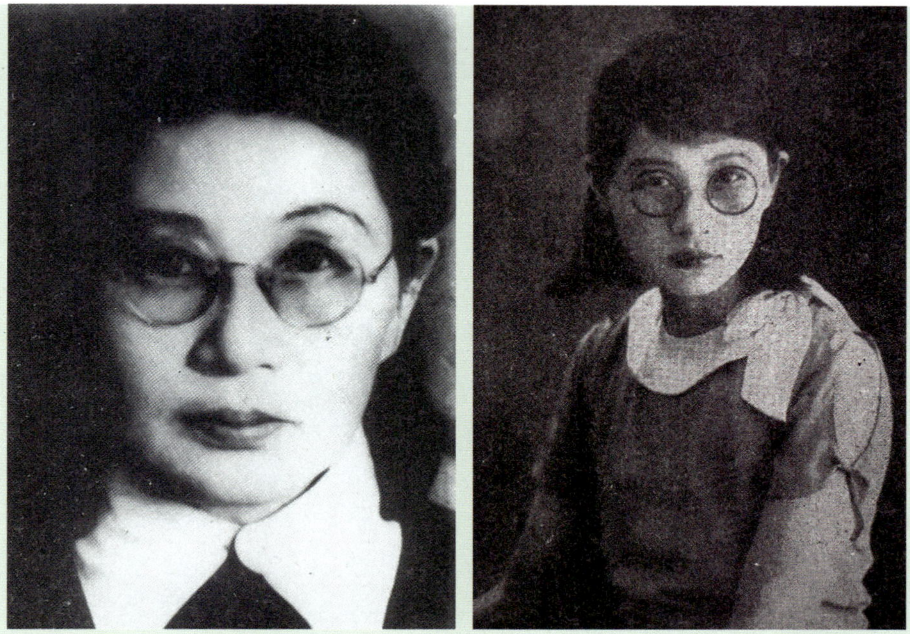

白薇（资料图）

婆家本指望娶黄家名门的儿媳能有富足的金钱财物陪嫁，但白薇的父亲却在这方面坚持了新派作风。陪嫁白薇的箱子里，少见值钱的衣物，而装了《中国近代外交失败史》《罗曼·罗兰传》等洋书。

女子无才便是德，大字不识一个的婆婆，哪会喜欢这样的儿媳妇？从此，母子两人合伙欺负、变着法地虐待她，甚至算计着把她卖掉。在生死关头，娘家派人救助。白薇终于脱离牢笼，进入湖南省立第三女子师范学校读书。这难得的读书机会，白薇十分珍惜，成绩也极为优异。

袁世凯称帝后，女子师范又见腐朽之气，委以七十岁的翰林当校长，带来一批不学无术的迂腐教员。白薇因领导了一次推倒校长的活动而被除名。不久，她进入湖南私立周南女子师范学校继续读书。白薇没料到在毕业前夕，父亲亲自到学校坐镇，欲将她押回婆家。在其妹妹和同学的帮助下，她从废弃厕所的孔道出逃，只穿一件夏布衣，怀揣六块银元，逃到了日本。

在东京求学时，白薇面对巨大的经济压力。于是，她一边求学，一边在英国传教士家做女佣。每天吃着残羹剩饭，还要忍受主人克扣工钱和不断加倍的工作，身体越来越虚弱。她早年在婆婆家就几乎被打断了脚筋，有些资料称其脚筋是被婆婆一口咬断的。做女佣时，又被缝军衣的机器压坏拇指，终致残疾。

尽管生活条件如此艰苦，白薇仍以优异的成绩，考入日本女子最高学府——东京女子高等师范学校。求学期间，她先主修生物学，兼学历史、教育及心理学，自学美学、佛学与哲学，后改攻文学专业。她这时有了一种向往，决心“以文学为武器，解剖封建资本主义的黑暗，同时表白被压迫者的惨痛”。

1922年，白薇在日本创作三幕剧《苏斐》，并担任主角，与留日学生一道公演。

1926年，白薇创作的《苏斐》在《小说月报》和鲁迅主编的《语丝》上发表。

之后，白薇放弃两年公费研究生学习的机会，怀着满腔热忱回到祖国，投身于大革命的浪潮之中。

白薇参加革命文艺团体“创造社”，得到鲁迅先生的赏识和培养。生活本该向着美好的方向走去之时，白薇获知家中又一次传来噩耗。曾经帮助她逃跑的四妹，在父亲的逼迫下，也坠入包办婚姻的深渊之中。白薇多次给父亲写信，斥责的言语愈加激烈，父女关系彻底决裂。这事让白薇深为痛苦。直到晚年，白薇都拒绝别人提起她姓黄。否则，她会生气。她说自己就是姓白。宁愿让自己无根无家，也不愿以任何形式认那个古板迂腐“谋害”亲生女儿的人作父亲。同时因为这一噩耗，白薇彻底看清了中国妇女的地位，愤而以文学揭露、抨击这罪恶的社会。她写成一篇长达7万余言的散文《九思祭》，表达对社会底层苦苦挣扎的，原来聪明活泼的四妹九思（黄显）的深切同情和真挚感情，读后感人肺腑，催人泪下。

文字是白薇的剑，亦是她的原乡与港湾。心中久积的创作热情，加上日益精到的文笔，这让白薇在文坛一鸣惊人。1928年，白薇创作出《打出幽灵塔》。这是她的一部极具代表性的作品，以优秀的文笔和叙事方式见长，体现出了深刻的自我认同和对传统父权的反抗精神。《打出幽灵塔》当时在鲁迅主编的《奔流》上发表后，在社会上产生了巨大影响。

抗日救亡浪潮高涨，话剧运动勃兴。见此情景，白薇文思泉涌，不但下笔如潮，还挣扎着病体参加导演和演出，出入工厂和学校剧团。著名演员赵丹就曾在她指导下，出演过《C夫人肖像》。

不幸的是，恋人杨骚把自身病毒传给了白薇，却无情置她于不顾。这次她一病，时间竟达六七年。

白薇不屈不挠地与病魔进行抗争。她在自己膝盖上摆开稿纸，脖子上挂着墨水瓶，艰难地完成了自传体长篇小说《悲剧生涯》等系列作品。

同时期创作的《悲剧生涯》和散文《跳关记》，也描述了白薇自身经历的磨难，反映女性遭受社会多重压迫的悲惨命运及其积极抗争。散文《三等病房特写》和小说《受难的女性》等作品也是同类题材。

病痛中的白薇虽受势利者冷落嘲讽，广大读者却仍然记挂着她，主动询问关心她的病情。董竹君、王莹、郁风、沈兹九等19位社会知

雾漫小东江◎曹广文 摄

名女性联合签名，在《妇女生活》杂志上为白薇发起募捐，筹款604元，送她到北平治病。

日本占领了北平，日本人常找她的麻烦。她当即化装成保姆，逃离北平。1938年3月，她带着抗日救国的信念跑到广州，无处请缨，便北上武汉。

在武汉，白薇见到郭沫若等许多相知的人，又拜访了田汉、洪深、沈兹九、陈北器等师友。经他们介绍，白薇参加了中华全国文艺界抗敌教亡协会。

不久，战火南烧，武汉告急。白薇抵达重庆。之后，她一再向重庆八路军办事处提出去延安或去前线的要求。邓颖超考虑到白薇的身体，没有同意，派她去了桂林，担任《新华日报》特约记者。在桂林一年多，白薇凌晨3点起床写通讯稿，早饭后外出采访，供稿《新华日报》，同时自己也写了不少文章。因广西政府常“截切”她的稿件，她被迫停止工作，即从桂林回到重庆。接着，阳翰笙帮白薇在中国电影制片厂谋了个特约编导的职务。

敌机狂轰滥炸，天天跑空袭警报，体弱的白薇突然爆发了热病，时不时就会昏迷倒过去。欧阳山找到杨骚，说明白薇情况。杨骚一改态度，把她抬到自己幽静的书斋。但白薇苏醒后，立刻拄着棍子，拖着沉重的双腿，回到自己的小屋子。杨骚伤害她太深，白薇有了太多积怨和不信任，这使她对杨骚不再抱任何希望和幻想，更不愿接受他半分怜悯与施舍。

女歌词家安娥说：“当我确定知道白薇拒绝了杨骚的‘怜爱’后，我更相信白薇的自尊，白薇人格的完整、美丽！”

1942年邓颖超大姐帮白薇安排进了文化工作委员会二组工作。她以万分的积极姿态，热情参与委员会的各种活动，比如座谈戏剧、研究小说，联合女友们写文章，倡导组织妇女进步组织。不久，她被选为妇女联谊会理事。文化工作委员会的薪资微薄，仅够吃饭。她身体虚弱，风湿病、绞肠痧、猩红热、疟疾、阿米巴痢疾，各种病接踵而来。她拖着病体烧饭，缝补比乞丐穿的还不如的破衣服；有满肚子东西想写，却又觉得自己陷入心有余而力难从的困境。白薇却很少提及自己在这段日子的苦楚。冰心则在《作家印象记》一文中回忆：“白薇有次病得厉害，一连五六天都没吃什么东西，没人照顾她，她饿得受不住，挣扎着去买面包，却四肢无力从楼上摔下去，要不是邻居发现，她死了都没人知道。”

1947年11月，白薇的父亲辞世，白薇匆匆返乡回家奔丧。

后来，在何香凝、成仿吾鼓励下，白薇即留湘南，参加当地的游击队。她毅然拒绝了伪县长的高薪拉拢。同时，她动员家人把所藏六支枪捐给游击队，利用亲戚关系，策反、分化了部分盘踞资兴的敌人。她亲笔为游击队撰写了《游击队宣言》《告国民党军政人员书》和《告三湘父老兄弟书》，全力做好社会宣传工作。白薇曾经一个人代表地下党，潜入国民党某团部，跟其团长黄存荣做统战工作。她把资兴县立中学任教当作自己的落脚之地。第一次进教室，抬头看见蒋介石的像，就立刻对学生们说：“教室里挂这种像不好，撕下来吧。”说罢，她亲手撕碎了蒋的挂像。

参加游击队，搞实际斗争，一直就是白薇参加大革命以来的夙愿。新中国成立后，她在写给周扬的一封信里说：“美梦于我，竟实现在湖南的大庾岭北麓，我是湖南南区游击支队的成员，从秘密组织活动起，到实际游击半年后，地下党还用明文，令我搞宣传文教。于是展开我梦寐以求的快乐生活。快乐和艰苦是两面合一的，苦里甜极的。我，战友和群众多得很，我乐滋地感到：这才是人生！”“人生就是战斗，对腐朽、罪恶、横霸者宣战，力谋搞新生。那样的生活若搞长些，标准正确些，大公无私地坚持到底，那就是生命千岁，千岁中如鲜花，碧草活生生，这才算活着。”这一段斗争生活，她铭刻在心。

从1947年底回家乡，到1950年初到北京前，在艰苦的游击队环境下，她仍创作不辍，诗歌居多，约共三千余行。后来，她参与县军管会工作，担任宣教股长兼《资兴人民报》主编，直至前往北京。

一个崭新的时代开始了。

白薇本可以去青年剧院工作，但她主动请缨去北大荒做农场调查研究。这时，已经年过半百的白薇，在那片最艰苦、最荒凉的土地上，一待就是7年。她亲自参加播种收割，与青年男女一同在冰天雪地、风沙肆虐中，饱尝创业者的艰辛和幸福，跟农场工人结下了深厚的友谊。她十分关心工人的创造发明，曾郑重向全国政协推荐三个农场工人在技术创新上做出的成绩，也就自己所学的理论和亲身经验，撰文对“成本高，产量低，经营管理不良”“工人缺少学习”等问题谈看法，向农场提出“保护益鸟，大捕害鸟，留着青蛙”“稻田都要养鱼”等建议。这些意见哪怕在今天看来，也很实在，同样很有必要。同时，她也没有忘记自己是一名作家。她把稿纸铺在膝盖上，热水袋敷在背上、揣在怀里，忍着风湿病痛，豪情万丈地写诗放歌。

白薇从1922年开始文学创作，到1975年因病搁笔，其间有近60年的创作生涯，一生创作了300余万字的作品。

1987年8月27日，白薇因病医治无效，不幸与世长辞，享年93岁。中国作协办公室在《沉痛悼念白薇同志》一文中说：“她的不幸逝世，使我们党失去了一位真挚的朋友，人民失去了一个好女儿，也使我们的文化战线失去了一位忠诚战士。”

邓颖超曾经说："白薇一生坎坷、多难，一贯正直、倔强，但始终跟着党走，不像有的人，遇难避开、退后，甚至跑掉。而白薇宁愿舍去就要得到的博士帽，放弃舒适的生活，挺起身腰，迎着风险，从东京只身回国，来找党，找革命，参加战斗，过苦日子。这在当时的女性中，是很少见的。"

白薇的人品与文品，至今仍被家乡人推崇。他们在市区建了一座名叫"秀流"的公园，又为白薇塑了一座雕像。

第四章

回龙山景观◎曹广文　摄

访古记

FANG GU JI

人间好光景，
尽在古意中。

东江湖，一座被当代人“制造”的湖。

但它并不浅薄、虚弱与空洞。它在我们眼中，显得那么大气、厚重与磅礴，或许因为这里拥有古书院、古民居、古街和古刹古岩。它们皆是历史留给未来的文化遗产。

在东江湖畔，带有这般古韵的符号格外多，粉墙黛瓦、亭台相济、楼阁相望，幽径通幽，山水相隔，一一承载着当地百姓的思想感情，体现了传统的审美观以及生活价值观，成为一道悠远又亲切的文化风景。

一

观澜书院位于柏树村。“观澜”，取自孟子“观水有术，必观其澜”一语。这是倡导尽心知命，追本溯源，了解根本，获知行为方式，从而解决问题，它属于一种所谓“君子志道”的思想。

观澜书院是湖南目前已发现的现存最早的家族书院。

黄守愚，一位颇有个性与见识的青年学者。他带领湖南省社科院哲学所、湖南省湖湘文化研究会、九三学社、长沙理工大学以及郴州市文史专家考察观澜书院后，得出这个让人兴奋无比的结论。

如此说来，观澜书院非常古老，但其头上那块匾额却是新崭崭的。这跟柏树人曹辉有关。

2022年6月，曹辉找到成都好友孔繁兵，托他联系孔德墉先生，说是有事相求。孔德墉先生，可非“凡人”，第77代衍圣公孔德成的堂弟，担任世界孔子后裔联谊总会会长。原来，曹辉起了一念头，想请孔德墉先生为观澜书院题匾。在孔繁兵牵线下，曹辉终于给孔德墉先生寄出了一封信。

这信写得很诚恳，来龙去脉也说得清清楚楚。曹辉在信中也充分表达了自己对孔德墉先生的敬仰，又附上观澜书院资料，及相关图片、视频。

孔德墉先生看了有关信笺和资料后，爽快答应为观澜书院题写匾额。但老先生写了两稿，皆是觉得不如意。其间，曹辉用电话联系过孔德墉先生。曹辉说，这事有点唐突。哪怕他后来有点忐忑，也不敢再打扰老先生。时值八月份，曹辉终于收到孔德墉先生的亲笔题匾。并且，孔德墉先生附了一封亲笔回信。曹辉万般兴奋，也深受感动。一位德高望重的九十六岁高龄的长者，竟如此重视此事。

文化得缘！曹辉收到题字后，邀请福建专家和技师一起进行匾额外形设计。很快，匾额制作完成，却又因物流公司的差错，被阴差阳错地从福建运往了湘西龙山。曹辉称，自己一听这事，当即吓出一身汗。他想尽办法，才将匾额从龙山转运到资兴回龙山下的观澜书院。

好事多磨。曹辉这时有了打算，待在疫情趋弱时，专门上一趟北京，他要当面向孔德墉先生致谢。却万万没想到，2022年12月25日，一个消息传来：孔德墉先生染病去世。

曹辉擦去眼泪，匆匆约来几位文人，一块起草唁电，连夜发至先生治丧委员会。这时，曹辉一吁：不易！

观澜书院也有曲折“身世”。虽因战乱等原因，像官办岳麓书院一样屡有兴废。但自宋代创建，至20世纪80年代，一直存在并用于家族或地方的基础教育。时至今日，旧时屋宇仍在眼前，称其“千年家族书院”，当之无愧。无论在研究中国书院史，还是湖南教育史的论著中，这所书院被频频提及，可见其重要地位及历史文化价值。

据文献记载，观澜书院的创建者为北宋曹靖。“观澜书院，在兴宁县西北，宋曹靖建。”这是清雍正《湖广通志》的记载。《清一统志》亦载：“兴宁县有观澜书院，北宋曹靖建。”由此可知，观澜书院当创建于北宋。

曹靖生平事迹，宋明以来的地方志文献多有记载，如宋人潘自牧《记纂渊海》载：“皇朝，曹靖，见《山谷文集》，有《曹侯善政颂》。”明代李贤等撰《大明一统志》载：“曹靖，郴人，性孝友。嘉靖中为益阳令，有美政，去后民思。累官尚书比部郎知宾州。”黄庭坚作《曹侯善政颂》，称其御吏严而不残，使民宽而不弛。明凌迪知撰《万姓统谱》、明廖道南撰《楚纪》、明万历《郴州志》《清一统志》及清雍正《湖广通志》、清光绪《湖南通志》等均有类似记载。溯其源头，皆出自北宋著名文士黄庭坚所作《曹侯善政颂并序》一文。从中可知，曹靖出身于贫穷的耕读之家，即有“曹侯辍耕”，“虽窭人子”一说。后来，因某种机缘就学于京师，才有“学于上国”之语。曹靖进士出仕，相继任湖南益阳县令及广西宾州知州，颇见政绩，卒于宾州知州任上。以古代人成家立业之常态年龄推测，曹靖去世时，“其子尧封财（才）五岁”，如此即可推算出曹靖未值中年而卒，遗孀孤儿有可能受到曹氏宗族之某些强势族人的排斥，“其文书皆（被）族人藏去，为火所伤，尽失其事”；又因其享寿不高，尚未能出仕显宦，故其事迹及所撰文字未能流传下来。幸而继任益阳知县的齐术“参酌民言，为《异政录》，录其大概”。齐

观澜书院◎蔡春生　摄

术之人在诸史籍中也是其名不扬，仅见于宋著名文人柳拱辰于皇祐六年（1054）所撰写的《浯溪题名记》中。柳拱辰系常德人，历任鄂州、岳州知州等职，也算圈内人物，其言当然有一定权威及可信度。另见清《钦定续通志》载："浯溪题名，柳拱辰书，行书，皇祐六年，祁阳。臣等谨案：宋史皇祐只五年，次年四月改元至和。柳拱辰《浯溪题名记》'皇祐六年甲午正月二十日，尚书职方员外郎知永州柳拱辰同尚书驾部郎中分司周世南、祁阳县令齐术同游'，盖其时尚未改元也，故仍题六年。"由此可见，齐术在接任益阳县令之前，曾任湖南的祁阳县令。与曹靖一样，齐术亦未能出仕显宦，他编纂过曹靖的《异政录》，也已失传。黄庭坚"三读而悲之"，撰写《曹侯善政颂并序》，才将这位"学于上国"的曹靖的"内行孝友，当官所至有绩"，"御吏严而不残，使民宽而不弛，纳民赋租不以累其僚"，"民皆歌舞而归"，"既去而民思之"者部分事迹保存下来。曹靖曾经仕宦过的地方，当地志书如《益阳县志》《广西通志》等也据此将其作为"名宦"予以记载。

至于观澜书院兴废，在现存的两通元代相关碑记中记载得比较详细。相继发现两篇记录观澜书院建置沿革的文献，尤为重要。

其一，时任郴州教授的左元龙于元大德六年（1302）所撰写的《观澜书院记》碑文，该碑刻现保存于观澜书院内，镶嵌在左厢房墙壁上。同时，碑文内容被著录于光绪《兴宁县志》及光绪《湖南通志》中。

其二，为曹元凤于元大德六年所撰《重修观澜书院纪实》碑文。翻开清道光二十六年（1846）编纂的《曹氏续修族谱》，可见其内容。该族谱现存于曹氏家族中。

据考证，左元龙担任郴州教授一职，时间跨度至少有25年。一个天长日久的过程，郴州及其辖县的官方、民间教育情况如何，他也就了如指掌。曹氏族人重修观澜书院后，请其撰写记文，自然是挑到了最好的人选。左元龙一听，深感荣幸，愉快接受了这项“任务”。

这座家族书院见证了当地家族教育，乃至湖湘文化的发展脉络。央视《地方影像志》中解说词称：“耒水作为中原通往岭南的水上交通要道，流淌着特有的文化血脉。千年书院，学脉绵延。在耒水之畔的资兴大地，一座座书院拔地而起，历经千年弦歌不绝、学脉绵延，成为涵养湖湘文化的精神家园。位于资兴市七里镇柏树村的观澜书院，是一座建于宋代的曹氏家族书院，历史上曾出过状元一名，进士六名，文风之盛让这座位于湘南深山中的书院声名远播。”

观澜书院属四合院式，坐西而朝东。中为天井，铺以青石，上下两厅，两侧厢房各三，皆有楼。壁镶元明清碑刻十余方。檐饰木雕，门立石鼓，青砖黛瓦，古韵盎然。令人仰望的，是其文化内涵及其历史标签。

书院外柱，镶有陕西刘自文书丹梁耒冬所撰之联，“七里观澜，智水仁山，有耕有读有正气；千年书院，文韬武略，立德立言立族风”。院门有张枫一联，“纵览前贤，文武双修，名垂万代彪青史；寄言来者，德才兼备，功播千秋耀谱乘”。下厅悬一匾：“诗礼世家”，为康熙年间书迹。上厅挂书院创立者行锡公画像，上悬一匾：“振铎休声”，为乾隆四年书迹。旁有一联，“祖德振千秋大业，宗功启百代文明”。

自古以来，观澜书院受到众多名士热捧。时值康熙四十年，邑令申奇彩欣然题联：“醽醁世家，兄弟名香七里地；观澜遗泽，祖先曾踏九重天。”乾隆五十一年，邑令蒋兆甲也挥笔题联：“望日庆升平，仰凤岭回山，气象峥嵘峙绣虎；观澜汇学海，带桃源醁水，文机

岁月的痕迹◎曹广文　摄

活泼衍雕龙。”

皆见景象，颇有寓意。我有一印象，为观澜书院题联最用心的，要数张之洞。这位与曾国藩、李鸿章、左宗棠并称“晚清中兴四大名臣”的人物，时人称之“张香帅”。他兴办洋务，推动变法，倡议新政，却也相当重视普及国民教育，竭力提倡经世致用的“实学”。

据说，张之洞沉思良久，连下巴都捂了半天。之后，他才缓缓提笔，一气呵成提笔写下这副名联。上联：虽富贵不易其心，虽贫贱不移其行。下联：以通经学古为高，以救时行道为贤。两语皆有来之渊源。如知这一背景，便明白他笔下极其郑重，甚至煞费苦心。上联从《孟子·滕文公下》中“居天下之广居，立天下之正位，行天下之大道；得志，与民由之；不得志，独行其道。富贵不能淫，贫贱不能移，威武不能屈，此之谓大丈夫”一番话语中化出，以此倡导学子品格；至于下联，出自苏轼《六一居士集序》。其序中称：“宋兴七十余年，民不知兵，富而教之，至天圣、景祐极矣，而斯文终有愧于古，士亦因陋守旧，论卑而气弱。自欧阳子出，天下争自濯磨，以通经学古为高；以救时行道为贤；以犯颜纳谏为忠。”这也是标示书院务实学之宗旨及学风，主张“以通大义为主”“以贯通古今为主”“以践履笃实为主”“以知今切用为主”。

观澜书院自北宋创建至今，它的教育思想和精神内核闪耀着夺目的光辉，时至今日，仍然具有一定的借鉴意义。

观澜书院一直提倡“不为科举文字之学”（见左元龙《重修观澜书院之记》）；主张淡泊名利，虚极静笃，海纳百川；主张知行合一，“致知而力行之”（见曹元凤《重修观澜书院纪实》）。书院主张学术自由、思想独立，始终秉持自己的风格和个性，独立于体制之外而不被同化，求同存异，各美其美，美美与共，天下大同。书院倡导公开讲学，平等交流，让各种思想在此交融，观澜书院的先哲以“为天地立心，为生民立命，为往圣继绝学，为万世开太平”（横渠四句）为读书的最高理想和目标。书院强调实事求是的求学探索精神，书院名曰观澜，取自孟子说的“观水有术，必观其澜”，即追根溯源，以求其本的意思。它主张一方面精研圣经贤传，以古为师，赓续传统，又不拘泥于古，不以本为本，透过现象看本质，探索事物发展规律，把握历史发展趋势。

观澜书院认为，“自修身齐家，以至于治国平天下，乃学者份内事耳”。所以明确一办学宗旨，即“厚人伦、明教化而美风俗也”（见曹元凤《重修观澜书院纪实》），培养人才应以德为先，以文化人，强调耕读传家，重视人格养成和个性塑造，培养人才为当地和家族长远发展服务。书院赓续有教无类的传统，倡导家学教育理念，纳天下英才而育之。创建观澜书院学会，以奖掖后学，无论贫富。同时，主张忠孝仁义，立身报国。“其为言曰：学者，学为仁义也，惟忠能致其身，惟孝能竭其力，尧舜禹汤周孔文武之道，未尝一日不诵于口，思与天下之士皆为周孔之徒，以致其君为尧舜之君，民为尧舜之民，亦未尝一日少忘于心。”（见曹一本《曹万钦墓志铭并序》）认为“礼义廉耻，国之四维。四维不张，国乃灭亡”，所以礼、义、廉、耻是维系国家的四项道德准则。

这所书院注重培养学子的精神气节，始终秉承“富贵不能淫，威武不能屈”的精神。书院主张经世致用，救世行道；克己容人，严于律己，宽以待人，以及倡导“灭人欲，存天理”等理学思想（见曹元凤《重修观澜书院纪实》）。书院坚持引导与树立君子志道思想和正确的忧乐观。君子志道，一方面，立志要高远，胸襟要开阔；另一方面，基础要扎实， 要循序渐进，逐步通达。“虽在畎亩，不忘天下之忧，其心以谓：时无不可为，为之无不至，不在其位，则行其言。吾言用，功利施于天下，不必出乎己；吾言不用，虽获咎，至死而不悔。”（见曹一本《曹万钦墓志铭并序》）始终弘扬拼搏向上、砥砺前行、推陈出新、与时俱进的奋斗精神。观澜学子信奉“自信人生两百年，会当水击三千里”，人生路上只有前进，没有退路！面对激流只能勇进，没有克服不了的困难，不为失败找理由，只为成功找方法，没有做不好的事，只有做不好事的人。只有逆袭跨越，才能化鱼成龙，超越自我，实现人生价值。具体体现在观澜书院和谯国第的“鲤鱼跳龙门”系列主题木雕石雕和曹一本状元及第时策对等故事和行实之中。

如今的观澜书院，又有了它应有的生机。2007年之后，观澜书院加大修缮与保护力度。看到众人参与，多方支持，曹辉颇有欣慰与触动。曹辉常聊观澜书院，观澜书院如他生命一般重要。他说过两件与观澜书院有缘的趣事。

2008年5月1日，湖南省社科院万里研究员带着几位文史专家，来观澜书院做考古研究。目的很明确，他们仍在致力寻找一组石碑的首碑。这组石碑刻于道光十年（1830）年间，属于观澜书院修建记事功德碑，价值可想而知。但是百般寻找，也难见其踪影。这时专家相互瞅了一眼，好像皆是心领神会，准备放弃努力。曹辉也是无奈，在他眼里，如果专家这次的寻找以失败告终，意味着石碑在世间早已消失。他的母亲这时走过来插话，说村里有一块踏脚石，不知道是不是你们要找的石碑。曹辉称，他母亲小学也才读了一年，怎会知道这些呢？他与专家皆是心疑，但又忍不住抬起了脚步，一块随老人家指引的方向去找。很快，他们果真发现一块石板。只是石板表面坑坑洼洼，哪像古石碑？人们似乎再度感到失望。曹辉却是心有不甘，便奋力将石板翻过来。紧跟着，所有人眼睛瞪大。因为猛地发现，翻过来后的一面，竟然密密麻麻刻满了文字，而且没有一点损坏。经过核查，证明它就是清道光十年（1830）的《修建观澜书院碑记》的碑首。集体欢呼！寻寻觅觅千百回，得来全不费工夫。

之前，还发生一件事。时间回到20世纪80年代。在一个又闷又热的夏日，那时还是一个学生的曹辉，跳入观澜书院前面的河里游泳。结果一不小心，被一股急流河水冲到古桥下。曹辉一把抓住古桥墩缠绕的古藤，才救了自己一命。当他扒下古藤时，发现古桥下有一块石碑。他看到石碑上方密密麻麻刻着一些文字，几分模糊，难以辨识。多年后，专家发现，它即是明代嘉靖年间欧坤撰写的《西泉重修观澜书院之记》。石碑中文字，记录了一个惊天千古大秘密。也随着这块石碑的文字解读出来，观澜书院的谜底一个一个被揭开。其中记载了曹一本状元及第的史实，而且发现碑文中有“天下第一人”五字。因此，该碑又称“状元碑”或“天下第一人碑”。

石碑移入书院，保存至今，也算镇院之宝。那天，我从观澜书院走出来，向远方望去时，突然想起一句古话：天下书院半湖湘。

“半湖湘”之中，当然包括这座观澜书院，以及东江湖畔的其他书院，如文峰书院、兰溪书院、崇正书院、崇义书院、程子楷书院等十余所较有名的书院。

这里再举两例。

辰冈书院，袁氏宗族兴建。其原址在三都镇与蓼江交界的辰冈岭，并由此得名。后迁至程乡醽醁里（今香花乡）。该书院人才辈出，“科不乏人”。明朝永乐戊戌，袁才辅考得进士，之后任赣州府宁都知县，诚心爱民，为宁都名宦。明天顺袁玘，甲申进士，他家贫力学，官至刑部郎中（正五品），以清节著称，被后人称作“清郎

回龙山访古©曹广文　摄

中”。袁克俊，明洪武进士，任礼拜给事。同时，文人官员中对这一书院甚是敬仰。书院建成38年时，南宋咸淳十年（1274），郴州名士林应春为之撰写《辰冈书院记》。清康熙九年（1670），辰冈书院得到修缮，知县耿念劬由此写就《辰冈书院续记》。清同治年间，书院再次进行全面整修，并请知县万时若撰写了《程水书院记》，称：“鉴于诸书院之私于一家，致不能久，特广诸一乡，名曰‘程水书院’。”黔中举人沈清涟文曰：“仍其地者，不忘旧也；更其名者，示大公也……且书院多以山名，取名山讲道之义。而兹独有取于水者……观程水之不息，可悟道体之流行焉；观程水之浩荡，可悟文澜之壮阔焉；观程水之渺无际涯，更可悟学问之深沉远大焉。”

相传，当年科考前，如辰冈岭发出鼓声，则当年试者必中。同时辰冈岭古木苍天，风景秀丽。于是，此地也被称为资兴旧八景之一。常说，人杰地灵。其实，该是地“灵”人杰吧。

文峰书院，始初为焦氏书院。两个称呼，算是“前世今生”的关系。宋神宗元丰年间（1077-1085），焦姓远祖迁徙资兴程水乡高冲（今属蓼江镇）。远祖，即有远见。于是动手建一书院，因为他看到“宅地山水环抱，辰刚石歧，蟠伏左右，状茗龙虎注江，诸峰列峙于后，而塘西三峰特耸于前，中峰尤高，望之犹笔架然”，是一块育文孕才的宝地。焦氏书院建于何时，至今无考。不过，旧志上有一记载：“元季毁于兵。”这段记述说明，在元——或者再早一点的时间，就有了这座书院。明洪武初，在旧址上重新修建焦氏书院，“中为堂，左右有廊，门牖毕具。”规模比以往大了许多。后因书院面对三峰颇见奇趣，故改名为“文峰书院”。正统六年，翰林院侍讲学士张益撰写《文峰书院记》。

突然，我想再说观澜书院。因为，“观澜”两字让我在这一刻有了新的理解：

观澜，有上善若水的宁静；

观澜，有尽心知命的睿智；

观澜，有登五岳而小天下的豪情；

观澜，更是对“君子之道”的追求。

也许，观澜这一内涵，不仅仅属于观澜书院。东江湖畔，所有古书院都有这般品格。

二

那年，著名歌唱家张也应邀来到资兴，拍摄《东江湖上摆歌台》节目。第二天上午，我陪她来流华湾村口取景。这也是我第一次来到这个古村。

之前，我去过石鼓村程氏大屋。

据史料显示，程氏大屋始建于清嘉庆十五年（1810），坐北朝南，砖木结构，面积2868平方米，整栋建筑有正房72间、杂房18间。正栋七扇大门，六条直巷，21个天井，两条横苍把正栋分为上、中、下栋，形成上中下三厅一体。中间是家族的厅屋，大门上悬挂着“程氏大屋”的牌匾，两边悬挂着“拔贡”“钦赐登仕郎”等先人的学位、荣誉牌匾。上厅北墙嵌有精致的雕龙神龛，中厅挂有一块清道光十年的“香山一巷”寿诞大牌匾，两边配阴阳木刻的烫金楹联。整座古民居外观恢宏大气，屋檐墙垛鸡冠斗子高翘，内饰雕刻精湛，泥塑龙凤、蝙蝠栩栩如生。

程子楷将军就是在程氏大屋出生的。

与此同时，留给我印象较深的，还有中田古民居群与香花树下古民居。

后来见史料记载，东江湖畔保留有二三十处古民居村落。如大岸盈民居，它位于鸭公村（旧称鸭公垅村），始建于清光绪元年（1875）。总建筑面积1490平方米，有上中下三厅贯通一体的大厅屋，正房36间，均为三层。属砖木结构、硬山式屋顶。上履小青瓦，配回形木窗、颌木门，有龙凤形体的主梁衬饰，有石雕麒麟、天井壁画、镂雕烫金神龛。屋宇气派，装修整洁。其人文环境极具一股儒雅的禀赋。神龛上有“诒谋悠远”的横批，两侧是“继绪思磐石，传家在肯堂”的对联，皆为镂刻烫金之作，距今已有130多年，仍是熠熠生辉。中厅悬挂的“宽厚堂”牌匾，大门木刻门联“高怀同霁月，雅量洽春风”，皆是先祖告诫后人要以“高怀”“雅量”宽厚待人，提倡崇儒重道，以礼教化族人，促进家庭和睦、社会安宁。经过一番大修，骨架加固，保持古风古韵，已被列为文物保护单位。

我也去过清江带头古村。

程氏大屋◎陈雄鹰 摄

明万历年间，就有黄氏居住带头村。掐指一数，至今有了450多年历史。2019年10月，中国村落文化研究中心考察带头村后，他们发布一则重大消息，称在此发现一处我国目前所知村落建筑类型中，保存最好、规模最大、年代序列最清楚的且仍活态传承的古村落。《中国青年报》以“中国古代最早的‘联排别墅’揭开面纱”为题进行了报道，使得带头村名声大振。如今，游客前往带头村看古时联排别墅，成了一被追捧的寻古游项目。

但我仍是最喜欢流华湾。

流华湾给我的第一个印象，它灵秀、古朴、清雅，极有气韵。东江湖边仍有保存这般完整的古民居，令人惊讶与宽慰。很快，我熟悉了这座古村。流华湾，坐北朝南，背靠林木葱茏的辰冈岭。村前有一条河流过，它叫流华河。河的对岸，盘踞数十株百年古樟，即便一把年纪，也依然长得很茂盛，将整个村落环抱。古村呈现四纵三横格局，古民居、祠堂、古桥、古井、古巷等携手将其构成，既严整庄

重，又素雅淡秀。主体建筑始建于明初。这些房屋皆是两层建筑青砖黑瓦、木梁架结构。全村共有120栋古民居，占地两万多平方米，颇具规模。

古人云：“无雕不成屋，有雕斯为贵。”流华湾即是如此。陪湖南大学一位教授逛了半天，其跟我感叹：“流华湾的石雕，当属中华民族地域文化发展过程中留下的一处瑰宝，称得上是极具观赏价值的石雕大观园。”

依此一言，即可知道流华湾历史文化底蕴有多么浓厚。

这些年，很多专家走入流华湾，进行专题研究。流华湾石雕便是其中一个重要课题，所取得的成果极多，社会价值和文化价值受到广泛重视。在我看来，流华湾石雕折射出了岭南地理环境特色、民俗风情、民间艺术审美观，涵养着一代又一代居民的生活愿望。这其中的艺术表征格外突出。最为多见的石雕是门槛石、门边石、泰山石石雕和石立兽几类。石立兽大多置放在村头、屋门口和宗祠内外，题材多为瑞兽狮子。狮子造型夸张、形象生动。在祠堂门口，两只石雕狮子露出憨态，又不失顽皮，仿佛与人非常亲密。本来颇具威严色彩的祠堂，缘于这两只狮子，忽然变得温情。泰山石、门槛石、门边石追求灵巧形式，内容多样。另有不少石柱、石亭、石墩、石桥、插旗石以及石牌坊上的石雕。估算一下，流华湾石雕该是以万件计数。同时发现，这些石雕采用了圆雕、高浮雕、浅浮雕等手法，结构形态随形就势、随需而造。门槛石、门边石和泰山石，虽高浅浮雕相间，阴刻阳刻手法并用，但雕刻程度并不会损失石材其紧固的作用性。门槛石石雕、门边石石雕和泰山石石雕，又以浮雕形式居多，且保持方块形状。我曾遇见一块泰山石石雕上，它为单层浅浮雕。该是适合石板面多形长的特点，图式被处理成两三个不同版面。每上版面多的有五至六个、少的也有两至三个多联图案单位。即便图案多联，但其均有关联。主图居中用直线、水纹、草纹分割画面、边框，具有构图灵活主动、雕饰繁复灵巧、画面方正饱满、整体和谐的特点。在巷道中，偶尔也可见整版一个图案的石雕。门边石外形方正，且处于中心位置受力小，图案有异于他处，雕刻深浅起伏略高一些，奇妙造就了画面主次分明、层次清楚、立体感强的效果。有的门槛石，其采用细雕细刻，颇见细腻风格。一家主人即告诉我，祖上如此讲究，纯粹方便小孩爬上爬下。这番多元化处理，生动体现了石雕整体布局的中心感和人性化。

流华湾的木雕，也是一绝。

可以说，木雕是流华湾古民居的主体配置，并且分为大木雕与小木雕。大木雕即木雕中“主角”，小木雕则为“配角”。几乎走进每一间古民居，既可以看到梁枋、华板、斗拱、雀替、斜撑、驼峰、托峰等建筑构架中的大木雕，也可以看到一些小木雕，如门罩、搁肩、勾栏、隔断。哪怕天井边的隔断板这么一件普通之物，也被做得极其精致，雕花撰联，足见流华湾就是精雕细琢而成的。不仅仅是一个审美问题，也充分体现了一种匠人精神。

令我最为惊讶的是，流华湾木刻与石雕的内容、形式相近，堪称相得益彰，颇有天人合一的意味。在如此格局中，让人看出从中透露出的湘南百姓精明细腻的性格，以及他们所向往的目标。内容大多为消灾灭祸、富贵吉祥、平步青云、岁岁平安、子孙万代、福寿双至、天宫赐福、科举及第及年年有余等主题。工匠们大量借用戏剧典故，或直接采用主人公的生活历程雕刻出来。同时，石雕内容丰富；大多直接取材生活场景，如桥上堤下、绣楼亭台、男耕女织、樵夫渔翁、文人墨客、官宦商贾，既体现了一派国泰民安的祥和景色，又散发出

资兴市三都镇流华湾航拍图© 曹广文 摄

浓浓的人间烟火味。

“屋下小巷为弄，庙中之路为唐。”

弄堂多，同样也是流华湾这座古村的一大亮点。斑驳的青砖瓦房，围成一条条窄小幽长的小巷，也围成了许许多多的故事。

流华湾古村的开山老祖，说是唐朝征南大将军袁学渊第24代后人袁明选。流华湾原名叫刘家湾。相传，袁明选当时养鸭为生。每天一大早，他便赶着一群鸭子下河放，算是勤劳人士。有趣的是这群鸭子下河后，便会匆匆游往下游，而一旦到了刘家湾一处叫下水坝的河床时，鸭子们便会停下脚步，接着安闲自乐，尽情觅食嬉戏。袁明选那天脑子灵光一闪，这是一块安营造宅、兴家置业的地方。于是，他掏出银子，而且数量不少，却不心疼，更没打消念头，将这块地买了下来。这过程中，他应该还动了不少心思。随后，他着手建造宅院。一日早晨，他听到从东边流下来的泉水发出叮咚响声，灵性又一次被触动，当即将刘家湾改称流华湾，寓意流华湾将来会源远流长永放光华。

流华湾也是红色革命摇篮。1928年湘南起义时，资兴县第一次党员大会、工农兵代表会议，都是在流华湾召开的。会议期间，中共资兴县委、县苏维埃政府正式成立。同时，组建了工农革命军资兴独立团。40余名流华湾青壮男子当即加入独立团，并参加之后举行的湘南起义。后来，他们扛枪上了井冈山。

如今，村里设立有“红色流华湾革命历史展览”展厅。

流华湾的自然风景，也是非常有其特点。

在其村口，有一千亩荷塘，颇受游客喜欢。接天莲叶无穷碧。入夏时，曲曲折折的荷塘上面，开满了颜色各异的荷花：红的似火，粉的似霞，白的似雪。这里的荷花不仅颜色各异，形态也不同。它们有的是花骨朵，好像马上要破裂似的；有的半开着，好像要与游人玩捉迷藏；有的已经盛开，露出了灿烂笑容。风，也送来了幽香，腻人心扉。竟然还传来几声蛙叫，更让荷塘显得清幽。一个孩子正在荷塘堤上背诵道：“小荷才露尖尖角，早有蜻蜓立上头。”孩子妈妈刚好用手机拍到一只荷花上栖身的红蜻蜓。孩子问道：“妈妈，这里的蜻蜓为啥这般漂亮？”妈妈脱口即答：“因为这里是流花湾。”孩子哦了一声。这小孩子或许不理解母亲这句看似简单、却有韵味的答话，但相信蜻蜓让孩子记住了流华湾。

荷塘旁边也有许多柳树。

植柳种荷，该是流华湾人自古以来的两大爱好。在村中，我看到一古联：“荷风送爽，荷香醉客，荷露沁心，荷月含情，香城六月花开好；柳浪迎新，柳色惊人，柳烟迷眼，柳帘幻梦，色调三春叶透娇。”足见流华湾自古即有水墨画意境，也是流华湾人的心境。

流华湾人知书达理，蔚然成风，同样是一种传承。

我翻读《兴宁县志》时，发现上面有记载：“明永乐中，袁氏之先，有讳屺者，官吏郭郎中，以清廉者，史称‘清郎中’。”村里袁孔仁老人介绍，数百年来，该村人仁者不胜枚举，却是“无作奸犯科之辈，无贪渎巧取之男。”这难道也与荷塘有关？或者说，种荷与民风有缘吧。但有一点可肯定，该村自古喜欢种荷，或许早已深知荷花有着“出淤泥而不染”的美誉。我突然想起，村中老厅屋大门挂一楹联，“天地君亲师大恩难报，仁义礼智信至德当修”。中午，我们在一家农家游土菜馆用餐。赶到门前，我则看到村民自拟的一副对联，“莲出水面朱笔点青天，藕入泥中玉管通地理”。都说流花湾如何是好，其实皆是精神品格代代相传，才营造了这座古村如今风范。再回头看看荷塘。天下荷花无差异。但仔细看看，流花湾的荷花似乎多了几分让观赏者怦然心动的内涵。

在流华湾村口，有一座用石板砌成的古桥，被称“寿星桥”。它是明朝村民为袁氏始祖寿诞时修建的。流华湾自古就有行孝敬老的传统。这些年来，村里相继举行“孝行流华湾·相聚重阳节”活动。在活动中，有村民掏钱，特意设立“最孝顺奖”。获得流华湾村首届“最孝顺奖”的方平德，其母102岁。方平德说：“母亲在，就是幸福。”方平德一直守护在母亲身边，照料老母亲生活起居。

方平德自己也早有一把年纪。他说：“在母亲跟前，我永远是个儿子。”当时，很多游客也登门探访过这位老母亲。一位姓陈的广东游客非常有感悟地：“刚走进流华湾，便觉得这里让人舒畅，原来是这座古村幸福满满的氛围感染了我。”

同时，“乡村生活节”早已成为流华湾一张乡村振兴的文化名片。乡村生活节期间，独特的流华湾美景、原汁原味的农家特色、丰富多彩的体验式活动，又融入了民间娱乐、传统手工、乡村音乐等地方元素，所以吸引了众多游客参加节日活动。

一方好景游人捧。果真。

东江湖·黄草古镇◎曹广文 摄

三

袁晓燕写过一篇散文，题为《木市古街的眷念》。她曾陪我去木市古街逛过两三次。她文笔当然好，口才又有天赋，一路上讲的故事都很动听。那一刻，我仿佛置身于昔日繁杂的木市古街上。

木市古街，建于清初顺治年间（约1647），一直到20世纪70年代，是资兴水陆交汇处的商贸重市，有“百年老街”之誉。木市古街，原先叫木根桥。原本这里无桥，缘于当时此地并不热闹，百姓仅借一段横着的树头，即可跨过溪水。于是，木根桥成了这地方一个俗名。随着河岸上买卖木材的生意日益红火，渐成街市，木根桥也就有了一个雅号——木市。木市，卖木头的地方。后来，也卖其他东西，就成了这座古街。但当地人仍喜欢将它称木根桥。

晓燕的童年，是在木根桥度过的。她印象中，古街一头挨着凤凰山，一头牵着东江河，具有浓郁的江南水乡特色。每逢赶集，小木船即会早早将交易物运载过来。刹那间，青石板街两侧就有了许多的商品，也有了许多喧闹声。看到这人声鼎沸又琳琅满目的热闹场景，孩子们是最兴奋的。提早一天他们就乖巧了，比如早早完成作业，主动帮父母喂猪或洗碗筷，一切皆是为了第二天能让父母掏钱买个玩具，买块饼干，买碗砍肉粉等。袁晓燕说，她想买彩色橡皮筋。

古街两边的滴水屋檐宽阔，多数街坊门口有两只雕花青石墩，上撑两根大木柱，推拉板门可装可卸。卸下板门，大门当即洞开。那一刻，整个堂屋跟着就宽敞与亮堂起来。板门也没闲着，它被主人架到两张条凳上，即刻成了一副货摊。

在逛木根桥街时，晓燕领着我去看古泉。

木市老街有三处泉井，上街、中街、下街各有一处。每个泉井均有三方呈梯级流淌的水域。上井清清冽冽，为饮水井；溢到中井作洗菜、漂衣之用，为耍水井；再往下溢作洗涤农具及灌溉之用，是为下井。乡间童男童女喜欢随母跟婆地到水井旁嬉水，或掏捧清泉解渴润嗓，或趴到井沿上观青虾往来闪跳于水草青丝之间，看那倒映于水中仿佛出手可触的云天。

晓燕说，女人来洗衣时，大多爱哼调。所以，男人途经泉井时，都会往旁边眺上一眼。

有一次，晓燕看到井里有红鲤鱼。但她一眨眼，鱼儿就不见了。人家说这是幻觉。我说，你的影子吧。如今东江湖小妹子长得很有灵气。以前木根桥的姑娘也该是这般水灵灵，非常标致。所以，世上所有漂亮的影子都是她们的模样。

临河的地方，有一座石头砌成的拱门。门上有一匾，“木市大码头”，白底黑边大字，哪怕风雨剥蚀多年，其字迹仍是清晰可辨。

晓燕也会游泳。在木根桥河岸生长的小把戏们，很小就会“圻刨子”，即我们所说的游泳。多数人只会“打狗刨子”，看上去那姿势当然不雅。但打仰刨子（仰泳）、下眯子（潜泳），无论哪种打法都随心所欲，样样游刃有余——那是水中最顽皮也最快乐的“小鱼仔”！

当时，上游并没有大坝，也没有东江湖，只在木市古街下游用相连的木排设置了一道拦河坝。拦河坝把从林区放下来的木排和漂过来的木筒子挡下，林业工人用长长的竹制“排钩”，将木筒子钩上岸，拖至转运机上。木材被送上岸后，就被装上火车皮运往四面八方。

晓燕称，那时小姑娘的她，也会常常仰着脖子，透过勾翘的瓦檐，张开想象的翅膀，看那梦幻般瓦蓝上绽放的白云朵。莫非她小小

木根桥老街◎陈雄鹰　摄

蓼市老街◎陈雄鹰　摄

年纪就学会念诵：人如风后入江云，情似雨余黏地絮。这都是袁晓燕的美好记忆。

所以长大后，她喜欢写诗，也写散文与小说。

还有一座叫蓼市的古街，也叫蓼市老街。

它位于蓼江镇，原叫蓼江市。之所以成为市，就是源于这条饱经沧桑的老街。据光绪元年《兴宁县志》记载，蓼江市为当时十八街市之一，“距城四十里，雍正六年设，外委驻防”。如此一算，迄今已有二百七十多年历史。有文友叹吁，站在“胡须飘逸，颇显老态”的老街市面前，志书上聊聊几个字显得多么苍老。

在我眼里，历史留下的一撇一捺，哪怕一点，皆给人一种无限的回味。蓼市老街逐步扩展延伸，店铺建筑新旧掺杂，整座老街建筑风格却是一致，规划有序。青砖黛瓦石板路，一街几巷功能全。主街有正街、老街、上新街，长约一华里；副街有旷头上、旷头下、横板桥、米厂；半边街四面分支；同时有猪屎巷等多条小巷构成四通八达的出入通道。据老人回忆，正街、老街、上新街，主要经营南杂百货、饮食业，与其相伴的有绸缎铺、药铺和书店；横板桥街主要卖牲畜家禽；上下旷头街，有蒸酒染布的，破篾编篓的；米厂街则主要生产经销大米；半边街为码头。当地流传一句顺口溜：“旷头的汉子，米厂的妹子。”说的就是那时候的风情。

友人曾问我，怎么会有“米厂的妹子”这说法呢？

我第一次听到这句顺口溜，也是兴趣浓浓探究其渊源。原来，蓼市是当地有名的粮仓，口碑极好。蓼江大米不仅卖到郴州城区，贩子还将其贩至广东韶关。之所以说“米厂的妹子”，是夸米铺里卖米的妹子长得水灵灵。

这些妹子怎么如花似玉呢？一个老铺主给过我一个答案：她们该

是吃蓼江米长大的！如今，仍有蓼江米养颜美肤一说。后来，蓼江有一女子上广州城做了车模，这让她老家的姐妹们也有了不少新憧憬。蓼江本来就是一处文化底蕴很丰厚的地方。据史料记载，这里有新石器时代的“唐家岭遗址”，商代的“柿花岭遗址”。镇里中学所在地为有名的郴侯山，又名侯公山。据《大明一统志》记载：“汉昭帝封楚怀王孙畅为郴侯……尝宅于此，故名。”

蓼江市附近有一座段廷圭的“二亩半园”。

生于清同治十二年（1871）的段廷圭，先后考取秀才、举人，曾任湖南教育厅代理厅长。他主张每户农家应有二亩半大小的园子，不仅撰文《二亩半园》阐述自己的主张，还在自家大门上书写“二亩半园”匾额以明志。他遗存的院宅“郴山拱卫”“蓼水萦回”，也让人感怀极多。见此景物，让人一悟：文化总是要助于一张躯壳得以传世的。而那些遗址、遗宅、遗存，早已凝固成历史的活页。

还得说一说兴宁古城。它曾是资兴老县城，地位及影响力当然不一般。城里曾由多条老街构成。据史料记载，南宋绍定二年（1229），资兴县改名兴宁县，县治由凤凰山（在今旧市乡）迁至“五马归槽”管子壕（今兴宁镇），修建城池，其旁有一条名叫圂江的河道。

随着时光推移，兴宁古城逐步完善。后在清乾隆间，相继修有“迎旭楼”“来薰楼”“撷翠楼”及“拱北楼”，名称极雅，却均为城墙门楼。但直到新中国成立前，它仍是一座袖珍小山城。当时，有首民谣形容山城之小：“城东放个屁，城西闻臭气；城北一声吼，吓跑城南狗。”即便如此，大街小巷也有17条，居民五六千人。

同时，兴宁古城内外也有许多文化古迹点缀。其中古桥有7座，杨公桥、鲁仙阁桥为石拱桥，望仙桥、观音桥、锁龙桥、莲花桥为石墩木板桥。这些桥皆有奇闻异事。莲花桥上有九仙施法的传说，所以莲花桥又称九仙桥。城内商贸兴旺时，满街人来人往，桥上也是行人拥挤，河岸处处洗衣妇笑语声声，河中捞鱼摸虾者成群，虽无“清明上河图”的壮观，却也颇具湘南小镇繁华的风情。

城中还有七口古井，即东冲井、河边井、杨公井、莲花井、卤泉井、薄泉井、新源井。每口井，都有它的传说，大多与仙、与女人有关。女人，水做的。用泉水做的女人，几乎更妩媚。所以，再小的城池抑或也有众多风流传说。

也对，不风流，哪有风情？！

另有科第坊、孝子坊和节妇坊三座牌坊。老街旁还有武庙、城隍庙和区王庙。区王庙，又被老百姓称为欧王庙，位于城西北隅。相传，唐朝潭州人区初开，因生黄巢而封。其后人居资兴，建庙祭祀。后转作佛事场所，规模较为宽敞，殿内菩萨高大威严，僧人众多，香客如云。

庙前建有戏台。戏者戏也，戏尽世态；曲者曲也，曲尽人情。这戏台楹联可谓恰如其分，入木三分。在我看来，戏台便是人间，人间胜似戏台。当时，兴宁古戏台非常热闹，你方唱罢我又登场。

沐浴丽日春风，漫步东江湖畔古街，可以让人领略旧时余韵，感怀沧桑巨变，心头思绪万千。行走在青石板上，就像穿过一段历史长河；数着每一个店铺，就像看一个历史窗口。这些古街老巷繁华昌盛的历史见证，也是湘南地区旧式街市建筑的博物馆。

四

说说古刹古岩。

东江湖有一奇观，即兜率岛石崖上挂着一座兜率庵。兜率岛位于东江湖腹部之处，总面积5.7平方公里，东江湖中最大的岛屿。远远看去，它貌似一头巨狮蹲伏水面。

兜率庵，地处兜率岛南端，立于兜率灵岩洞口。这座古刹与古岩合为一体。它属砖木结构，始建于清乾隆五十一年（1786），供奉释迦牟尼、观世音、无量寿佛、十八罗汉等；乾隆五十六年（1791），又捐资塑了七姑、九贤像；道光十三年（1833），则添供圣母像；光绪二年（1876）重修佛像、庵舍。

兜率灵岩堪称奇观。它属特大石灰岩溶洞，距今达270万年以上。洞深10余华里，最宽处70余米，洞内幽深邃密，迂回曲折，冬暖夏凉，钟乳石遍布洞中，千姿百态。其规模之大、形状之奇、景观之多，在国内罕见。洞内的石柱尤为高大，甚是伟岸，最高一柱竟达76米，为世界之最。同时，庵洞相连，如此获得一洞通幽的感觉，洞中有洞，洞中有水，洞中有天，共有十八洞：进口洞、龙须洞、荷叶洞、莲花洞、钟鼓洞、龙门洞、螺丝洞、韦陀洞、东塔洞、天仙洞、红石洞、锣鼓洞、活佛洞、童子拜观音洞、大佛伞洞、小佛伞洞、西龙门路、卧虎洞。而且，洞洞皆奇，洞洞皆美，洞洞皆有传说。

其实，洞外也颇多奇异。石枯松巷，远古的树，已成标本，却又不失生机。树的年轮，就与兜率岩洞一样，都是一种真实的历史，清晰地写在大地上和天空下，真实地记载了变幻的风云，也演绎着世间的传奇。

兜率岩◎曹广文 摄

自古以来，这里便是文人骚客探访的地方。宋绍兴元年（1131），谢岩偕仲筹、叔仪、温叟三弟到兜率岩作世外游，见其奇景，感慨颇多。之后，谢岩便写下名篇《兜率岩记》。再之后，知县耿念句力、罗绅亦赋诗附和："说向人间成大惑，天工自巧非人力。""凭谁谱入名山记，道是当时一谢岩。"从中足见谢岩文章的影响力。资兴古邑八景欣然将其纳入其中，并称为"兜率灵岩"。一字添入，万多想象。时至清代，邑廪生郭启哲、州判李元禄相继撰文，记趣叙奇。史书记载，清乾隆五十一年（1786），"承岩结僧舍数椽。邑州判李元禄书'兜率灵岩'四大字额于上"。

如今，游人们见其奇景，皆是惊呼：兜率灵岩，鬼斧神工，巧出天然，委实神奇莫测，虚幻缥缈。当然，他们也听到了关于它的种种传说故事，神乎其神，生动有趣。

相传，汉李广将军归天后，被玉帝封为神武将军。天将毛从诗不服，趁李广出使湖广时，瞒过玉帝驾云赶来，在兴宁上空与其厮杀，硬要见个高低。李广见毛从诗刀法精通，决定计取，于是虚晃一枪，退到名山瑶岗仙，举目一望，见毛从诗已追到旧市江边，急忙搭弓一箭射去。毛从诗听得弦响，发觉李广暗算自己，急忙往山岩上一靠。毛从诗的这一靠，竟在岩壁上现出一个人影来。李广这一箭没射着毛从诗，倒把兜率岭的半山腰射出一个大洞来，即现今的"兜率灵岩"。毛从诗见箭射入山腰里，忙用手一指，箭"嗖"的一声飞驶退出，倒射到渡头江边的石壁上，又穿了一个洞，即渡头江边后来的"隔洞望月"一景。箭杆落在广安寺的江边，则变成一块条形岩石。当地百姓称之为"扁担石"。李广见没射着毛从诗，心中大怒，与毛从诗又在空中斗起来，直闹得天昏地暗，惊动了天庭。玉帝大怒，派观世音下来制服了二将。为永保地方安宁，观世音在兜率岭西岸蛇形的半山腰点石为像，镇守这一带，即今人们称的“蛇形观音”一景。

传说源于何时？《兴宁县志》记载：“汉李广号飞将军，武帝时从事使南，越道出于宁。兜率岩下有所著金箭遗迹。”

由此可见，这传说真有几分可信！如今，民间一有传说，心惊肉跳也好，万般欢喜也好，最终皆是真的。

再说一说兜率岩里那座“活佛洞”吧。其洞亦称“古尸洞”。相传，北宋嘉祐年间，一樵子进洞，见一道人半闭眼睛端坐蒲团，问之不答，用手一摸，却是一具僵尸。樵子害怕，拔腿就跑。这时金光闪烁，远处传来鼓乐之声。樵子方知这并非凡人，便麻着胆子背着这道人进京上殿，以定分晓。后经宰相寇准断定，这道人竟是三国中的徐庶。原来，当时徐母死后，徐庶投奔了耒阳县令庞统。徐庶在游山玩

兜率岛上远眺©曾散 摄

水时发现了兜率岭的古洞，在那里得道坐化了。仁宗准奏，钦封徐为大仙。如此，徐庶升天而去。樵子回归故里，即在兜率岩洞口结草为庐，供奉徐庶大仙，修行学道。后樵子端坐在徐庶坐过的地方，被徐庶点化，一缕灵光出壳，脱却凡胎也升天去了，尸骨却留在洞中。民国十一年（1922），一好事者特意在洞中立一块《古尸记》碑。另有一说法，末代老僧唐华清之师。故老僧在世时，每带游人进洞至古尸洞口，便驻足不前，口中作念念有词状。不管何说，樵子之颅骨今仍保存却是实实在在的。

即便不去探究这些传说的真实性，也可站在庵门前和临湖的“揖石轩”露台上饱览湖山之胜。“遥看齐州九点烟，一泓海水杯中泻。”不由让我感慨：人间好光景，尽在古意中。

第五章

回龙山◎曹广文 摄

跋
BA
SHAN
JI
山
来到东江湖，
一定要看看这里的山。
记

山环水抱。这就是东江湖。

山厚人肥，水深民富。这也是东江湖。

《考工记》曾云：“天下之势，两山之间必有川矣。大川之上必有途矣。”文脉昌盛的地方，往往都是一种山清水秀之景。所以来到东江湖，一定要看看这里的山。

“山生好水”，还是“水育好山”，或相得益彰，见仁见智。站在东江湖畔，一睹与绿水相伴的青山，或许会让人生发出许多感触。最起码会觉得，东江湖水与其沿岸高山峻岭皆是绝配。何况“棹穿波底月，船压水中天”与“举头红日近，回首白云低”都是人皆所喜的景观。

一

如果介绍最能与东江湖匹配的名山，当然首选回龙山。

羊角山后，有山脉一支，迂回蜿蜒，故名“回龙山”。即便今日，仍可在山上看到“骑龙跨鹤”仙迹，古建庵刹，石镌“古南岳”三个大字。峰顶有望日台，“鸡鸣往观，日从海出，大如车轮，红赤晃目，漭瀁不定。一跃即升，其日必晴，数跃而升，其日必翳。盖无殊泰山之观焉”。

《资兴市志》中关于回龙山的描述似是简单，远远不如旧志记载。其实，回龙山自古就是一处非同寻常的地方。

回龙山山顶有一古寺庙和望天台，均由片石垒砌而成，格调特别中还透着一股仙佛之气。古寺庙处有一残缺石匾。今人仍能从中看出“古南岳回龙山”字样。很多友人曾问我，回龙山怎么会被称古南岳？说法较多。

第一种说法来自回龙主庙住持口传。其称，回龙山建寺早于衡山。唐朝初年，住持见这里自然条件恶劣，道了一声阿弥陀佛，便将三分之二的僧侣、道士迁往南岳衡山，另建寺庵。史料也有记载，南岳庵刹创建之初的和尚、道士大多来自回龙山，“古南岳”之说由此产生。据说后来，南岳的各寺住持、方丈曾经到回龙山朝祖。还有一点，回龙山有庵刹的历史约为1700年，南岳则为1600多年。从时间角度来看，这说法成立。

第二种说法来自民间传说。《资兴县志》有一语：“南岳大帝五六月间来此避暑”，香客因此“奔走欢呼，络绎不绝”。又称，“衡山之脉气源自回龙山”。由此可见，两地之间确有佛缘。

第三种说法，清代乾隆年间贡生李元禄考证后得出结论，并写成《游杂山记》一文。李元禄在文中认为，之所以言“古”，“或非唐虞以下之古也”，“乃五帝以上之古”。称上古时神农氏炎帝尝百草、传农耕，曾居住于回龙山。回龙山上的仙庵就是后人祭奠炎帝，烧香礼拜之地。

总而言之，回龙山便是南岳宗教文化发源地。这里的香火至今仍旺，而很多游客却是因为海市蜃楼记住了回龙山。

我在回龙山山顶见过海市蜃楼现身，那真是一次奇妙体验。一个巨大的“金字塔”隐隐约约出现，与远处的群山融合在一起。虚幻的

回龙山日出◎曹广文 摄

影子，大约持续了10分钟后，“金字塔”随着太阳的升起慢慢地消失了。“金字塔”是某些人的形容，但它更像一座“佛塔”。所以，很多人当即顶礼膜拜。回龙仙寺一俗家弟子称，这是佛祖呵护回龙山。每年9至10月份，遇上晴好天气，结缘者抑或能观赏这一奇观。气象专家则表示，海市蜃楼现象一般多出现在沿海和沙漠地区，海拔1000多米的回龙山上出现海市蜃楼，堪称奇观。要一睹这般景致，却真是看造化。

摄影家李军在山顶帐篷一住便是十五天，也没见海市蜃楼出现。但驴友晓晓第一次登上回龙山，海市蜃楼就跟她见了一面。即便匆匆即逝，却是永远记忆。

世上之缘，说不透，道不明。但看日出、看雪凇，却是两件能让人随性如愿的事。

先说观日。

郭启悊写过一篇《回龙望日记》，他的文笔很美，由此及彼，触心极多。同时证明，回龙山观日，自古便是人们一大喜好。

第一次登回龙山望日，我选了新年的第一天。天未见亮，我和三位友人便乘车赶到山顶。这时候，山顶上已经聚集了众多人物。他们大多在昨天下午就赶到山顶，搭住帐篷，候等日出。凌晨五点一刻，东边的天空终于露出一道长长的朝霞，就像一道彩色画笔把天和地分割开。太阳却迟迟不肯露面。这一刻，它仿佛成了一个羞答答的少女。朝霞的范围渐渐缩小，如同聚焦。果真，一团金色渐渐隐现。随着金色范围逐渐扩大。几分钟后，一轮红日爬出山头。它开始只露一点点额头，慢慢地，十分之一、八分之一、六分之一、二分之一……很快，红日映出山峦，挂在天空。这是我见过最美也最震撼的日出。

在泰山看过的日出，也没如此壮观。这并非我一人有此看法。在国内有“森林诗人”之称，“林中百灵鸟”“森林诗侠”之美誉的诗人袁伯霖说：“回龙山的日出是一轮火球，如同我在泰山看到的一模一样，‘极天云一线异色，须臾成五彩，日上正赤如丹，下有红光动摇承之’，而这一轮回龙日出，却是金碧辉煌。红日升起的那一刻，仿佛我的灵魂也被它洗礼了。”

我曾在日记中写道：“这时，云朵渐渐染成了熟透的桃子色。而且，这朵云层蓦然变成一条金龙，它戏珠般地将那轮正在变亮的球体含在自己口中。那若隐若现、若明若暗、若浓若淡的球体，挣扎着、跳跃着、切割着、燃烧着。它摆脱云霞的缠绕，毅然把它那浑圆的身体展现在蓝天上。刹那间，整座大山被它照亮了。于是，天地间霞光四射，流光溢彩。天与大山被太阳的光芒紧密地缝在了一起，整个世界都沉浸在辉煌的色彩中。”

我记得一位诗人说过：“太阳每天都是新的。”啊，这不正启示我们每天都应该有一个新的开始吗？那天，我很认真地望着这一轮新太阳。回山日出、云海玉盘、晚霞夕照、东江远眺……回龙山，时时有景，令人流连忘返。所以我曾说，日出回龙山，可与雾漫小东江相媲美。

在回龙山看到日出，让我想到了一句古诗：日出扶桑一丈高，人间万事细如毛。太阳升起之后，我们会面临实多繁杂之事，但也该以积极的心态去迎接它。

雪凇也是回龙山一大美景。

冬天，这座山上有过太多太多的美丽。雾凇却是回龙山一种很特别的景观，很别致，也很梦幻。有人赞道，这雪凇美得清丽而脱俗，美得玉洁冰清，美得干净而纯粹，美得素雅而凝重，美得圣洁清灵而飘逸。在我眼里，雪凇是开在冬日里回龙山上的花朵。这是雪的杰作，是温湿与冷气的幸福结合。

不同的季节，我都上过回龙山一两趟。冬季下山时，又生出感慨。问弄雪飘枝，无双亭上，何日重游。这座佛山给了我一个“三季如春冬如玉”的印象。一年四季中最唯美、最梦幻的季节，该是回龙山冬日。我给过驴友一条建议，上回龙山看雪凇，最好从半山腰往山顶上爬。

好景在途中，有趣在路上。

再回头一看。被大雪笼罩的回龙山，突然有了一种与以往不同的静谧和孤寂，甚至多了几分禅意。

二

一文友跟我说：“八面山有过一个三八女子林场，场里职工都是城里下放的女知青。”于是，我记住了八面山这个名字。

第一次爬上八面山时，它给了我一种惊艳的感觉。因为我看到灿若云霞的高山云锦杜鹃，连绵十几公里，面积达到两万多亩。这是我有生以来看到最壮观、最美丽的杜鹃花景。如果要举办中国杜鹃花节，八面山应该成为一个主场。

云锦杜鹃，梵语称之为娑罗，又称超级杜鹃花。它的花朵特别硕大，具有浓郁的芳香气。在显露花苞时，它呈粉红色。花朵开放时，却变为内白外红。同一花序上开花也有先后，一不小心就有了多种花色的层次感。各领风骚三五日，却让花色长久在。这不仅漂亮，且是一大奇观。八面山杜鹃花开时，女游客特别多。驾车的大多是男子，停下车后，他们又负责拍照。这又成了一道新风景。在山上，我也学

东江湾千福塔日出◎曹广文　摄

会了辨识杜鹃。八面山杜鹃花种类特别丰富，争奇斗艳，各显其韵。

而这一刻，长空万里，全无一点纤凝，真是给人一种“泬寥兮天高而气清”的感触。

八面山，山有八面，所以得名八面山。

当年，毛泽东在长征途中，曾写过许多诗词。《十六字令·山》则属毛泽东长征诗词的代表作之一。

“山，快马加鞭未下鞍，惊回首，离天三尺三。”

这首词的创作地点便是八面山。八面山也是当年红军长征入湘之处。这首词通过描述独特的山色风光，神奇地揭示了长征精神的精髓要义。后来，毛泽东特意为此词作了注释，湖南民谣：“上有骷髅山，下有八面山，离天三尺三，人过要低头，马过要下鞍。”这首由来已久的民谣，表达了人要服天的意思。毛泽东反其义而用之，强调山虽高峻险难，但红军毫不畏惧，人过要昂首，马过不下鞍，从而充分表达了红军指战员坚强乐观、人定胜天的革命意志。

长征途中，毛泽东还写过两则“十六字令”，即“山，倒海翻江卷巨澜。奔腾急，万马战犹酣”和“山，刺破青山锷未残，天欲堕，赖以拄其间”。寥寥数语，却将当时战事危急的情形跃然纸上。尤其是“万马战犹酣”“赖以拄其间”两语，笔锋一转，即把红军将士饱满的战斗激情表现得淋漓尽致。可以说，长征开始之时，局势险恶，战事告急。面对数十万敌人的围追堵截，毛泽东创作三则小令，对红军起到了鼓舞士气的作用。

我们认真研读时，就会发现这三则小令其实就是从三个角度描述一个对象，一是写驰骋山路上英雄形象之高，二是红军指挥者胸怀之广，三是以匡扶天下为己任者意志之坚。小令三则一脉相承，精彩又经典。毛泽东第一首《十六字令·山》也让八面山有了英雄的传说。

在这座山里，群众至今仍在讲述着当年的故事，村民如何跟红军带路，如何抬伤员，如何运送粮食……

谭政文的老家便在八面山西北面的大山里。

他曾担任最高人民检察院副检察长，也是北京市公安局第一任局长，首都公安的奠基人。1949年10月1日，中华人民共和国举行开国大典，有三十万人参加。其保卫工作除主席台外，其余全部由市公安局担负。在谭政文的周密部署下，开国大典从始到终秩序井然，受到中央的褒奖。早在红军时期，他就担任闽赣省保卫局长，及红二军团二师特派员。长征到陕北后，他又担任晋绥边保安总局局长。同时，他拥有了一个“满门忠烈”的家庭。他父亲谭聿怀是一位郎中，大革命时期成为当地农会负责人，湘南起义后加入红军，在1932年反“围剿”中牺牲；三伯父加入红军后在战斗中不幸受伤被捕，在敌人严刑拷打下牺牲；四伯父从红军队伍中调回本地八面山一带搞地下工作，结果被叛徒出卖，遭敌枪杀。

八面山，是毛泽东亲自指挥创建的井冈山外围革命根据地。1928年5月下旬，根据红四军委的决定，资兴农军改称为红军资兴游击独立团。黄义藻任团长，袁汉任党代表，带领1000多名红军从井冈山返回

大王寨©曹广文 摄

资兴。经蓝溪、何家山、欧冲垄，翻越天鹅山，于5月底到达龙溪。从此，天鹅山十万亩大山成为龙溪革命游击区红军主要活动地。天鹅山下的龙溪十二洞等地留下了毛泽东、朱德等革命家的红色足迹。

“高枝戳太空，捧雪笑西风。万丈危崖上，根深百尺中。”

红军在八面山一带的那一段段峥嵘岁月，至今仍被当地村民细心珍藏和述说，用红色精神为砥砺前往注入强大的精神力量。也正是如此，八面山依然是那么巍峨、壮丽、雄奇……

据介绍，八面山总面积达8.6万亩，森林覆盖率86%，平均海拔800米—1000米。《方舆纪要》卷称：八面山“峭险壁立，延袤二百余里，登之可见郴、衡、吉、赣诸郡。”

主峰石牛仙高达2042米，为湘南地区第二高峰。

石牛仙有一个美丽传说，正是人们称其离天只有三尺三的由来，此山气候凉爽，天上神仙酷暑难耐时，也会悄然下凡，躲到石牛仙一处避暑纳凉。仙女们则会下到河中洗澡降温，或游水嬉戏，其中也包括织女。后来，牛郎与织女相会，结下美满姻缘。于是，人间就有了一段关于牛郎织女的千古佳话。或许是爬了几十年格子的缘故，我早已相信爱情，它应该拥有五花八门的版本。

八面山同样有一块金字招牌：国家级自然保护区。

作为中亚热带向南亚热带的过渡地带，八面山具备南亚热带山地湿润气候，冬、夏季长，冬无严寒，夏无酷暑。山中保存有大片较完好的天然次生常绿阔叶林及其森林生态系统。植物种类繁多，丰富多样。素有植物界“熊猫”之誉的银杉，在这座山上可找到1000多株。八面山早已成为我国银杉、南方铁杉、穗花杉保存数量最多、保存面积最大、保存最为完整的保护区。同时生长着稀罕的伯乐树、红豆杉、银杏和三尖杉、福建柏、樟树、凹叶厚朴、喜树、榉树。

八面山被称为“动物南北走廊”，也是43种国家重点保护野生陆栖脊椎动物的栖息地。其中包括云豹、金钱豹、黄腹角雉、白颈长尾雉、猕猴、藏酋猴、穿山甲、大灵猫、小灵猫、水鹿、斑羚、红腹锦鸡、白鹏、大鲵、虎蛙、长臂金龟等物种。20世纪80年代，八面山成了全国“三虎”（东北虎、华南虎、孟加拉虎）自然保护区之一。它是我国乃至世界唯一的华南虎自然保护区。世界野生生物基金会猫科专业委员会专家科勒到八面山考察，之后欣然题词：“八面山，秀丽的山川，华南虎的乐园”。该自然保护区与石门壶瓶山、宜章莽山等国家级自然保护区，被世界自然基金会（WWF）猫种动物专业委员会的专家评价为中国拯救濒危物种华南虎的希望所在。

严风矗起玉巑岏，过嶂先惊路百盘。
人道牛山非信美，天留雁荡是奇观。
三冬羽浴全依暖，六出花飞未觉寒。
早晚衡南春信近，青霄漠漠见高翰。

诗的作者叫罗绅。

据旧志记载："山顶有天鹅池，阔数十丈，寒冬水暖，大雁常栖息其中，多达数百只，故名。"抑或遭遇魅惑的罗绅当时观得此景，才脱口念出"三冬羽浴全依暖，六出花飞未觉寒"的佳句。

这首古诗也拓展了八面山的传统文化内涵。

另有记载，石牛仙之处古为道观仙场，属湖南省境内海拔最高的佛教仙地，始建于南宋年间。现存石牛仙庙遗迹仍清晰可见。三条花岗石构成的大门巍然屹立，它是全观唯一幸存的完整建筑构件。

三

在东江湖畔，还有一座国家森林公园。它叫天鹅山。

那天在登山途中，陪同而来的当地文联主席李孔辉跟我讲了一个美丽传说。

明嘉靖年间，这里旱不雨，民不聊生。一只天鹅带来大雨，让庄稼得以复活。百姓皆知天鹅为吉祥飞禽，便自发到山下膜拜。恶霸胡麻子却带人要捕杀天鹅。一名叫黄建安的后生得知这个消息后，立即召集村民与恶霸势力搏斗，保护天鹅。天鹅非常感动，决定留下来造福百姓，化成一个女子与黄建安结为连理。但恶霸胡麻子野心不死，将黄建安诱骗到山林中，将其杀害，并想霸占天鹅女。百姓们惩罚胡麻子后，再上山寻找天鹅女神，却不知去向，只在一个山顶发现些许天鹅羽毛。于是，当地百姓在山顶上修建了一座天鹅庵，把山顶叫做天鹅顶，此山因此称为天鹅山，纪念这位天鹅女神。

在路边，我看到一株女贞子。突然想到一语：一树女贞子，留香五月雪。《本草纲目》有言："此木凌冬青翠，有贞守之操，故以'贞女状之'。""女贞"因此得名。难道天鹅山的女贞子皆为当年的天鹅女长成的？！

除了保存有完好的原始次森林，天鹅山还拥有丰富的旅游资源。大桥、天鹅顶、濂溪和竹洞是其四个主要景区。大桥景区以天鹅山大桥为中心，主打人文景观，包括天鹅山大桥、红掌峰、下鞍屯兵、芸香亭、西林寨、沉浮岛、望江台等。竹洞景区则以曲龙溪为中心，突出溪流峡谷为主的特色，沿溪而上景点密布，有龙门、急流卷石、绝壁深潭等。

行至鸟鸣涧时，会发现此处非常幽静，很容易让人想到王维写过的一首诗《鸟鸣涧》：“人闲桂花落，夜静春山空。月出惊山鸟，时鸣春涧中。”是啊，花开花落，都属天籁之音，唯有心真正闲下来，放下对世俗杂念的执着迷恋，人之精神才会提到一个新境界。

如是顺岸而回，又可见卧木横桥、小鹅池、白石桥、路碑等景点。其中白石桥和路碑建于嘉庆年间，也算山中一古老之物。两块巨石拼成的白石，造型奇特。山上有瀑布群，下水堡瀑布非常壮观，瀑宽4米多，高近百米，巨大的声音如狂狮怒吼，令人震耳欲聋。

如是爬到天鹅顶，也可游览天鹅庵、天鹅蛋、天鹅潭等景点。看看这些景点，或许又为天鹅女神唏嘘一番。近年，天鹅山又相继建立森林营地和汽车露营基地，这也给游客多了项目选择。如此，会不会与突然归来的天鹅女神偶遇呢？

在友人徐杨邀请下，有一次我登上天鹅山参加汽车露营活动。当晚，我跟两只硕大的山蛙追逐一番之后，便盘腿看了一个通宵的星星。那一刻，天空上的星星太多了。“一颗星，二颗星，天上星星数不清……”说是童谣，其实就是一句实话。外婆说过一句话，天上一颗星，都曾是地上一个人。当时我问：每一个人都会飘到天上去吗？此时，我却仰头问道：外婆，您又是哪一颗星星呢？这话没让友人们哑然失笑。相反，大伙的表情都很凝重。因为很多人的外婆都在天上。这时，另一友人大声叫道：喝啤酒吧。该是他觉得气氛当时太压抑了。还好，我们上山时，带了两大桶鲜啤，也带上了东江湖水那种令人清爽的感觉。

其实，在天鹅山宿营应该好好睡觉。

那天下山时，徐杨突然跟我说，天鹅山是一个用来做梦的地方。不仅仅是因为有天鹅女神的缘故。人间的美好，也可以在梦中重拾。其实，在天鹅山仰望星空，也可以让人做一个不闭眼的梦。

天鹅山，一座美丽的山。四周青山叠翠，鸟语花香。塘中青波闪耀，鱼虾成群。春风吹指，满山绿浪翻滚，枝头百鸟争鸣。山映水底，百花怒放，美如仙境。

友人这般赞美。我点点头。

四

在资兴工作时，我去过大王寨、大风寨以及云盖仙和七宝山。与东江湖相比，它们确算“小众”，但皆为东江湖风光作了特别生动的点缀。大风寨与大王寨最相似的地方——两寨皆是丹霞地貌。

很多游客游览大王寨时，都会很惊讶：这座叫大王寨的村子，竟然“长”在一巨石之上。这便是大王寨成为旅游打卡地的一个重要原因。“奇山”“秀水”“异闻”与“古景”是大王寨四大特点。说其奇山，红岩沙石的丹霞山群，幽谷山川，山势奇特，地形险峻，却又不失秀美。靠近山谷积水的丹霞山石，就像浮在水中的巨鳄，又像潜伏在水中的巨蜥一样。秀水，即红石山中捧出的一汪绿潭。水皆缥碧，千丈见底；游鱼细石，直视无碍。这就是它的神韵。这汪绿潭也

大王寨◎陈雄鹰 摄

是养育大王寨人的一口好水。异闻，即是美女坦景观的传说。相传一位美丽女子利用石头山惩罚要欺凌她的一股土匪，之后她得到高人相救，修炼成仙。当地百姓为纪念这位勇敢、机智的姑娘，就把这座陡峭的石山取名“美女坦”。古景，即这里有一处特别的风景——一幢有着900年历史的老宅。这座斑驳厚重的古建筑中，一定藏有很多传奇故事。

再说大风寨。

它位于牌楼下村旁。当地有一溜山红树绿的丹霞山峰，大小不一、形态各异，海拔不是很高，一两百米罢了，但其十分险峻、陡峭，几乎无路可攀。众峰中，最有名的当数大风寨。大风寨有一个谜一般的古寨堡。

那天，我爬上山顶，看到一座红石砌成的寨门，寨门约2米高。寨门左前方，则有石垒的一处关口遗迹，三面石墙，高约1.5米，可栖身三五人。当地一位村民跟我介绍，其为当年观风警戒所设。据测算，整个山顶面积接近10万平方米，四面都是悬崖峭壁，唯一的进出口就是这一寨门，可以说是一夫当关，万夫莫开。

谁建成大风寨寨堡？一说唐朝黄巢起义时所建。另一说，当地族人为了躲避战乱寻得的场所。据史料考证，此处该是天地会首领焦亮焦洪练兵时在这设立大本营的“遗迹”。焦亮焦洪兄弟是当地大坪村人，他们家离大风寨仅有三五里路，对大风寨一带非常熟悉。焦亮当年加入天地会后，成立一个山堂，名为“招军堂”，密谋起义。没多久，焦亮被清军俘获并遭杀害。焦亮妻许月桂和其兄焦洪心有不甘，继续聚众反清。据《湖南名人志》记载：“咸丰五年（1855），焦洪、许月桂转回蓼市（今蓼市镇）扩充队伍。”因此，专家认为是焦亮死后，焦洪与许月桂带兵上大风寨整休，以图东山再起，故留下此址。

看到旁边有一棵老梨树。又下着雨。梨花一枝春带雨。这雨中的花，这花中的雨，这清凉的芬芳，这芬芳的清凉，花香水色，似梦非梦。

还有一说法，大风寨以前叫石莲山。《兴宁县志》上记载：“石莲山，在程乡蓝坑总。一石体下小上大，从空悬山如带蒂莲花，一径圆窄，仅堪置足，左右顾离地数百丈，登顶环眺，身在云端，上有古仙亭，下有龙泉庵，风雷呵护，灵异至今。”

大风寨真是传言中的石莲山？确有争议。但这正是值得我们爬上大王寨去探究的一个秘密。

云盖仙，自明朝万历年起便芳名远播。它位于兴宁古镇南端，两山合抱，异趣天成。山上有一座古亭。据史料记载，此山“位当南离，在县丁峰，在学居午位，有文明象，宜亭焉，以作文峰”。明代，在此山之巅建八角亭台，名称“大观阁”，后来一度废弃。时至清康熙年间，重修八角亭，更名为“缥缈亭”。因其孤峰耸削，迥出尘表，万木葱茏，花草奇异，晨有云气盖其上，似紫气东来，疑有仙人降临。当地人将该山称“云盖仙”，并称这亭为“云盖仙亭”。云盖仙亭雕梁画栋，金碧辉煌，颇见气势，故列在资兴古八景之首。古时，但凡来到兴宁的人，必到云盖仙亭游览一番，除了拜谒名亭，还想沾点“仙”气。

山不在高，有“仙”则名。或许说的就是云盖仙亭所立的小山。李渔说过：“言山石之美者，俱在透、漏、瘦三字。此通于彼，彼通于此。若有道路可行，所谓透也；石上有眼，四周玲珑，所谓漏也；壁立当空，孤峙无倚，所谓瘦也。”云盖仙亭所在之处，完全符合“透”“漏”“瘦”的审美意境。同时，这里名木古树参天，鸟鸣山

八角亭（资料图）

幽。云盖仙亭立于这么一座山间，堪称天作之合，美轮美奂。

面对云盖仙，诗人袁伯霖曾吟成四句：云盖仙亭云盖云，紫烟缥缈梦难寻。山移水转春依旧，阅尽沉浮笑世尘。

七宝山，我只去过一趟，印象却深刻。山中古木参天，清泉遍布，流水淙淙。半山腰一缓坡处，映入眼帘的是一处约长6米、宽3米的断垣残壁，在此又发现一些古时石碎。拐弯再上一小坡，就到了一座凉亭，属全石拱形建筑。据考证，此凉亭已经遭受数百年的风雨侵袭，至今完好无损。凉亭拱形门楣上，清晰可见“七宝亭”三个字，遒劲有力。有道是“长亭外，古道边……”，古凉亭默默见证着这条古道的兴衰变迁。

那天，我们经过三个多小时的艰难攀爬，终于到达山顶，与众友一块体验了山高我为峰的气概。尤为壮美的是资兴市区和东江湖都尽收眼底。俯瞰山峰，山高林密，山势挺拔，山谷深幽，整座七宝山，就是一方绿色海洋。相传山中有七件宝物，才让这山得名“七宝山”。七宝山上有哪“七宝”？我想每个登上七宝山的游客，都会找到属于自己的“七宝”。七宝山上确有许多稀奇的“宝物”，何况山野情趣总能带给我们许多想象……

离开七宝山时，深冬的天色向晚。不远处的东江湖人家中亮起的灯火，却给了这天地间一股融融暖意。

第六章

小东江风光◎曹广文 摄

啖食记

DAN SHI JI

四方食事，不过一碗人间烟火。

四方食事，不过一碗人间烟火。汪曾祺说得多好哇。

东江湖人家的美食，也是烟火所赐之物。这里的八珍玉食，皆能让人在食用中获得一种持粱齿肥的满足。一些从小离开家乡，走遍大江南北的资兴籍老革命、老将军、老作家，面对这块让他们魂牵梦萦的土地，总是会有一种尝尝家乡菜的念头。曾任安徽省委第一书记的曾希圣念念不忘老家的霉豆腐；中国人民解放军原空军副司令曹里怀征战南北，一辈子都对家乡的红曲肉情有独钟；最高人民检察院原副检察长谭政文的夫人姜鹏88岁高龄时，收到资兴市政协的同志带去的干茄子坛子菜，如获珍宝；著名女作家白薇90岁时还常对人说："好想吃家乡的坛子菜萝卜皮！"味至浓时是故乡。

《舌尖上的中国》曾经感叹：这是盐的味道、山的味道，风的味道、阳光的味道，也是时间的味道、人情的味道。这些味道，已经在漫长的时光中和故土、乡亲、念旧、勤俭、坚忍等等情感和信念混合在一起，才下舌尖，又上心间，让我们几乎分不清哪一个是滋味，哪一种是情怀。

东江湖畔的饮食，又何尝不是如此呢？

一

2003年5月，在郴州集训的中国女排姑娘来到东江漂流后，下榻资兴宾馆。晚餐时，她们吃到一道菜，并纷纷点赞。这道菜就是波水米粉爆火肉。

波水，一地名。由此可知，这道菜发源地在哪里。其实，东江湖人家都有加工和食用米粉爆火肉的传统。但波水人做的米粉爆火肉最地道。立冬过后，波水农家主人开始杀猪制作爆火肉。他们特意挑出腰方肉或五花肉。否则，做成的爆火肉，其肉感差了许多。所以波水村民有一句口头禅："人可以被骗，舌头骗不了！"将肉切成片，拌上精制米粉和适量食盐，再把肉片均匀摆在竹篾织成的筛网上。将筛网放在烧烤灶上。这时，灶膛里已经添好谷糠，或者茶壳。点火后，便开始对肉片进行烘烤。烘烤时，火势适当，不温不旺，又要适时将肉片翻边。这般烘烤出来的爆火肉，肉感奇特，脆而不硬，软而不粘，油而不腻，且晶莹透亮，香飘四邻。要食用时，只需用旺火蒸上几分钟，即可上桌。

蒸这道爆火肉时，碗中一般还会垫有作底菜。作底菜怎么选定？看各人家的喜好吧。如把豆角、青菜晒干，做成盐菜，装进坛子待用；或者把过年磨豆腐过滤出来的豆腐渣发酵，炒香，搓成拳头大小圆球状的豆潭；或者把春天从山上采摘的小笋做成笋干。这些干菜作底，上面盖上一层爆火肉合蒸，肉中渗透着干菜的芳香，干菜中浸润着爆火肉的油脂。

吃这道菜，有一个讲究，要静静咀嚼，慢慢回味，才会让人感觉到它非比寻常的韵致。品尝，一个漫长又悠闲的过程。后来在地方特色菜比赛中，波水米粉爆火肉夺得第一名，名声更响。

东江湖人家很多菜都有其个性。那天，我陪几位北京文友从回龙山下来，一块到七里镇去吃饭。七里镇又称“七里山”，相传古时从附近的西廊铺驿道至该地有七里山路，俗称“七里”。七里这地方最有名的不是山，也不是水，是一道叫“七里米粉鹅”的农家菜。我们走进大树村路边一家满是俗相的餐馆，就是想吃一道正宗的“七里米粉鹅”。

这道菜的制作过程，文友们饶有兴趣“观摩”。厨师把鹅烫水除毛，点燃稻草，把鹅架到稻草上去烧。厨师解释：“这道工序非常关键，火得均匀地在鹅身上扫过，直烧得鹅皮黄冒油，香味溢出。”之后，厨师将鹅放入水里洗干净，接着就“搧鹅”。这是东江湖畔方言，即清洗、剖切一系列动作的总称。如此处理后，将鹅肉放入锅里清炒一会，再装入盆中。通过这道工序，即可去掉鹅肉的水渍。当地厨师称这道工序为“挡水”。

厨师倒油烧锅。他笑道：“要茶油，放得不小气。”油烧红后，放入大蒜、姜、桂皮、八角、干辣椒等配料，迅速炒几下，再把鹅肉和少许五花肉倒入锅里一起翻炒。鹅肉炒至六七成熟时，厨师开始放入粳米粉。一边放一边翻炒，还一边放进各种佐料。厨师继续解释：“一旦米粉把锅内的油吸光，赶快出锅。”

然而整个工序还没完成。厨师把刚出锅的米粉鹅放入蒸锅中，开始用大火蒸它。半个小时，鹅肉被蒸得柔软脱骨。这时，米粉刚才吸进去的油又神奇般析出部分来。出蒸锅后，厨师往上面撒些葱花，便将这道米粉鹅端上桌了。北京文友品尝这道菜，赞不绝口。文友回到北京，在自己家里试做几次米粉鹅。他打电话跟我说，哪怕他当时全程录了像，就是吃不出东江湖的味道。我给他寄了一袋粳米粉，我说，粳米粉得是手工磨的，才有那种似细似粗的感觉。

还有一个关键，挑东江湖养殖的鹅来做米粉鹅，才有特定的味道。一方山水养一方人，也养一方鹅。这里的鹅养得特别高大，尤其是白毛红冠的大公鹅，非常雄躁。拿大公鹅来做这一道菜，鹅肉特别香。

这并不是故弄玄虚，我与友人一块鉴定过。当时访友较多，便上了一雄一雌两只鹅，结果被我们吃出了差异感受。

店老板也承认："大公鹅大多留给熟客。"

"怎么才叫熟客？"我问。

店老板答："眼熟。"

我的文学启蒙老师姜贻伟，他在大树村这间店吃了几次米粉鹅后，还作了精彩点评，其中后几句云："鹅肉本粗，米粉细缀。滑爽入口，人皆呼美。肉蒸半烂，柔嫩出味。初嚼既易，再嚼入魅。啤酒助之，香入脾肺。此行不虚，笔舞墨飞。"有趣！好玩！

在东江湖旁，人们几乎都爱吃用米粉做的菜。除了米粉鹅，还有米粉鸭、米粉鱼、米粉大肠、米粉田螺、米粉泥鳅、米粉黄鳝、米粉鸡，甚至有米粉笋和米粉蕨。

在友人谢平芝的引领下，我曾在一家叫"湖边人家"的店里吃过一道米粉茼蒿，味道特佳。茼蒿，属于常见的农家蔬菜，嫩茎和叶有特殊香气。大多从菜园里扯来，洗净炒着吃即可。将茼蒿与米粉做成一道菜，却有一定讲究。米粉，三成籼米，七成糯米，将它们一起放到热锅里，炒出香味，颜色淡黄为佳。再把香米放到石磨中，缓缓磨成粗粒的米粉。这也是东江湖人家常用的米粉。白中带黄，散发一股诱人胃口的香气。做这道菜时，茼蒿放到开水中焯一道。注意，入水时间极短。若是不焯，茼蒿和米粉难以达到天然合一的境界，吃起来有生涩之味。将它切成两指长，铁锅烧红，放入猪油。一定是猪油！

东江湖啤酒节◎欧小燕　摄

再将米粉放到锅里来回炒一会，立即放水、食盐、蒜末以及少量辣椒粉。米粉见熟，迅速放入茼蒿，搅拌均匀，即可出锅。

谢平芝跟我介绍，记得一位大厨师跟他说过："米粉茼蒿这道菜，不能做得太浓，也不能太稀，拿调羹舀着吃，如同吃蕨粉的浓度为最好。"

这时，我突然想起，杜甫在他56岁那年，无意中吃到一道用茼蒿、米粉等做成的一道菜，赞不绝口。从此，这道菜被取名"杜甫菜"。

杜甫为此写过诗吗？印象不深。但我记得，苏轼曾经吟诵："渐觉东风料峭寒，青蒿黄韭试春盘。"不过，杜甫却对栀子一往深情道："栀子比众木，人间诚未多。"

在民间，众多花卉是可直接入食膳的，如芙蓉花、清明花、南瓜花，也比如栀子花。东江湖人家仍是用米粉做栀子花这道菜。但它是油炸而成。米浆加食盐、蛋清搅拌而成，盛于一口大碗，栀子花一朵朵，入碗“挂糊”，进油锅炸制入味成型。切青红椒、姜片、蒜叶入锅与米粉栀子花蒸炒焖烧，三五分钟后即可起锅装盘。

传说栀子花是七仙女之一，天庭中的寂寞生活，让她憧憬人间的美丽。于是，栀子花下凡化作了一棵树。正巧一位农夫看见了，孤身一人，生活又很贫苦，就把这棵小树移回家门口，百般呵护。小树生机盎然，到了夏天，便开出许多小白花。栀子花为了报答农夫的恩情，白天幻成一位姑娘为主人洗衣做饭，晚上做回栀子花，飘香农家院子。

东江湖畔之所以让人赏心悦目，也是因为它有许多美丽传说。山下的李二嫂开了一家土菜馆，油炸米粉栀子花也成了店里一道名菜。结果，在城里读初中的女儿回家，看见母亲用栀子花做，当即阻止。“怎么能吃花仙子呢？”李二婶只好从菜谱中把这道菜删掉。李二婶喜欢栀子花，缘于她爱听何炅唱的《栀子花开》。她觉得，栀子花的花语是喜悦，是祝福。

这天，女儿突然问李二婶：“妈，家里有栀子花吗？”

“妈怕你这个宝贝女儿，没再拿它做菜。”

“不是不是。我们老师病了，得了什么肿毒。听说用栀子花泡水喝，可帮帮老师治病。”

李二婶很开心，觉得女儿懂事，她赶紧把家里晒干了的栀子花交给女儿。但她仍没再动用栀子花做菜的念头。

拿米粉做出这么多美味佳肴，恐怕岭南地区唯有东江湖人家。

二

祖先造字很绝。一个“鲜”字，便将美食最高两大标准确定了下来，即美食滋味来自“鱼”与“羊”两样食材。

东江湖畔，山上有羊，湖里有鱼。这里不说羊，仅说鱼。东江湖中的鱼品种特多，鳜鱼、三角鲂、鲟龙鱼、虹鳟鱼、鳜鱼及青鱼、草鱼、鲢鱼、鳙鱼等。那年，我的一个朋友竟然从湖里钓起了一条98斤的大雄鱼，拿它做成的剁辣椒雄鱼头真是叫几桌食友吃得连呼“倒瘾”！

我最爱吃东江湖里的翘嘴鱼。为什么它叫翘嘴鱼呢？原来，该鱼体形细长，侧扁，呈柳叶形。头背面平直，头后背部隆起，眼大而圆，鳞小，前部略向上弯。体背为浅棕色，体侧则为银灰色，一张凸出而翘起的大嘴格外引人注目，由此得名。

一些号称“老饕”般的文友，见到东江湖里的翘嘴鱼，竟然想到了美国性感尤物玛丽莲·梦露。据说，当年梦露回眸一笑百媚生，被男人称为“大众情人”的她，除了身段外，其最性感的部位当属那艳丽的红唇，微微上翘，流露着无尽春色。以鱼喻人，可见此鱼多么讨人喜欢。

但翘嘴鱼并不温顺。它行动迅猛，善于跳跃，性情暴躁，容易受惊。我看过拉网时，一条条翘嘴鱼竟然“飞”越1米多高的屏障。它以小鱼为食，可见它属一种凶猛成性的鱼类。

翘嘴鱼做菜，手法挺多。香煎翘嘴鱼、红烧翘嘴鱼、腊蒸干翘嘴鱼，还有白萝卜丝清炖翘嘴鱼。孔雀开屏翘嘴鱼这道菜给我留下了深刻印象。厨师将鱼杀好洗净，背鳍切掉。头尾切下来后，将鱼身切花刀，背部切断，肚皮却不用断刀。将其盘在碗中，再摆上姜丝。等蒸锅里水开了后，将鱼放进去蒸八分钟。出锅时，放入葱蒜，淋上热油即可上桌。得要承认，清蒸翘嘴鱼才能真正体现一个“鲜”味。鱼背划上几刀，有助于入味。之前要将腌制好的翘嘴鱼泡水，一直泡至鱼身变软。

东江湖三角鲂也能做出几道好菜。在“湖鲜”鱼馆，我曾吃过一道特别的好味三角鲂。厨师说老板娘之前是店里的客人，最喜欢“湖鲜”鱼馆这道菜，一个礼拜要来吃两三次，一回生两回熟，三回就有戏了，后来就做了这家店的老板娘。所以，菜谱上在这道菜名称后面特意注明：老板娘推荐。厨师介绍过其做法：三角鲂去头，再去鳞去内脏，之后洗净。同一方向切片，可不切断，大小均匀。再将青红椒剁成米粒大小。将鱼摆入盘中，用盐、猪油、鸡精、蚝油、啤酒以及葱姜汁腌入味。摆入盘中，上蒸锅8分钟至12分钟，撒青红椒，撒葱花，淋上蒸鱼汁，加热30秒拿出，淋上热猪油。

如果追求美观，可将西红柿剥下的皮做成花，再将花摆置这盘好味三角鲂中央。我很喜欢这种花质！厨师跟我补充了一句话：老板娘做老板娘那天，老板才为这道菜才添了这朵“柿花”。世间用心皆风景！这时，我才发现厨师说话挺有趣的。有趣的厨师方可做出有趣的菜吧。

东江湖人家的菜谱中，以鱼为食材的菜肴至少有一两百种。仅以整鱼走秀为例，便有松鼠鳜鱼、醋鲤鱼、干烧鲫鱼、清蒸鲥鱼、咸菜大汤黄鱼、浓汤黄丫叫等。美食江湖烟波浩渺，总有一些民间厨师技高手痒，灵光乍现，炫

东江湖的鱼◎ 张顺 摄

技也罢，逞能也好，对饮食文化总是聚沙成塔、集腋成裘。这当然经常让美食家喜出望外。在东江湖人家餐桌上，仅是一条青鱼，也能被做成酒糟香鱼头、红烧划水、红烧肚裆、糖醋鱼块、椒盐鱼排、蜜汁熏鱼等。哪怕鱼肚、鱼泡，也舍不得扔掉，煨成一钵好汤。即便单取鱼的某个部位入菜，谈笑间也能成就珍馐佳肴。

这几年，湖边厨师们又以煮、煎、炸、蒸、腌、片等手法制作出“雄霸东江”“花开湖心”“飘香鱼片”“黄金鱼饼”“鱼跃龙门”等纷繁复杂的菜式。食客们大开眼界，又能大快朵颐。

突然想起一件事，我年轻时与资兴一少年结为朋友。他家就在渡头。那天，他约我吃饭。吃的是晚餐。朋友的父亲下厨，以鱼做菜。一连上了好几碗。其中有三款鱼我之前从没看过。

第一碗菜，被当地叫成羊花鱼。据说，这种鱼天生怕冷。春雷响时，它才会从山洞里窜出来，随水漂游到渡头江，初来时身材瘦小，只有小手指大，漂到渡头江后采食育肥、繁殖小鱼，长大后在8至10月份又陆续游回石洞越冬。据说，它是当地河里最好吃的一种鱼。

另一碗叫劳鱼仔。至今，我同样没弄清楚它的“雅号”。它只有筷子这么大。七八月时，劳鱼仔到河滩边水浅处产卵。这时候，村民喜欢用团箕将它们捉得。

最后上的一碗鱼叫黄花古鱼，也称铁花古鱼。朋友的父亲介绍，黄花古鱼喜欢在石缝中藏身及采食。其肉嫩骨细，算是鱼中佳品。

小时候，我以为老家稻田里的野泥鳅，沟渠里的小虾最好吃。这时，我才知道山涧小鱼让人吃上一回，几十年后也还在回味。

好友说，他父亲以前喜欢钓鱼。但性情急躁，经常扔掉鱼竿，跳进水潭去抓鱼。于是，他父亲成了这一带地方独一无二的“怪人”。

其实还有一个“怪人”，他是东灌隐士严光，钓鱼钓疯了，竟然连官都不做了。

钓上的鱼味鲜些，还是捉来的鱼味美些，真没办法让我找到答案。但因为我喜欢讲些鱼趣，所以请我吃鱼的人特多。

当地也有江鳗，叫麻鱼。但要吃到这类鱼，还得随缘。

再说说银鱼。在我眼里，它是东江湖鱼族中的小精灵。银鱼浑体透明、晶莹白皙，被冠以“冰鱼”“玻璃鱼”的称号。有人见其形状像一根玉做的小筷子，便将它叫成“玉箸鱼”，倒也形象。唐代时，它被称作“白小”。杜甫曾写有《白小》一诗：“白小群分命，天然二寸鱼。细微沾水族，风俗当园蔬。入肆银花乱，倾箱雪片虚。生成犹拾卵，尽取义何如。”在杜甫眼中，白白的、小小的、轻盈如雪花的小银鱼太可爱了。到了宋代，银鱼更成了“小宠爱”，所以就有了“春后银鱼霜下鲈”的诗句，湖面上银鱼与鲈鱼平起平坐，成了河鲜珍品。宋代杨万里也曾用“天下众鳞谁出右，淮南双玉忽尝新。未知丙冗果何似，只恐子鱼无此珍”的诗句来抒发诗人对银鱼的喜爱。清时，杨光辅则道：“淞南好，斗酒饯春残。玉箸鱼鲜和韭煮，金花菜好入粞摊，蚕豆又登盘。”可见，韭菜炒银鱼，当时成了农家乐一道家常菜。

因为杨光辅这首歌谣，有一日在白廊吃饭时，我特意请厨师琢磨着做了一道韭菜煮银鱼。厨师姓李，说是旧市人，很谦虚，称自己做的银鱼炒蛋才是一绝。他做的银鱼蒸蛋羹也成了敬老逸品，颇受游客食家欢迎。

那日读《随园食单》时，才知书中也记载着几种银鱼的做法，比如：“银鱼起水时，名冰鲜。加鸡汤、火腿汤煨之。或炒食甚嫩。干者泡软，用酱水炒亦妙。”不过，我最喜欢吃银鱼羹。将银鱼焯水，捞出过凉水，冲洗鱼鳞；炒锅上火，加清汤，下银鱼，加葱丝、盐、

黄草镇一年一度的“鱼王节”◎曹广文 摄

味精，烧沸后勾薄芡，熘蛋清，撇去浮沫，盛入碗中，放香菜叶，淋些许清油即成。这般做法，才真正让人体味到银鱼本色，鲜香嫩滑。

“春酒香熟鲈鱼美，谁同醉？缆却扁舟篷底睡。”在东江湖旁吃鱼，还适合找出一点醉月悠悠的感觉，因为这是一个宜醉宜游宜睡的地方。但吃银鱼时，我会拒绝端酒杯。它带给享用者的是淡雅、清闲、文静。

我同时认可厨师一个说法：银鱼入菜，最好是活货。

三

东江湖畔，有一糊鸟嘴节。它是先祖留下来的民间节日，时间是农历二月初一。

这天，东江湖人家老者带着孩子，用竹棍将小块糍粑穿好，插在菜园口和田埂上，任随鸟类啄食，以求它们不吃谷种、菜种。节日起源有一传说。旧时回龙山下有一个大财主，遇见一美貌姑娘，便有了强纳为妾的邪念。姑娘不从，自尽而亡。姑娘的恋人得知这一消息，亦跳河溺死。姑娘及其恋人变成两只小鸟，在二月初一招来大批鸟儿，啄食财主的庄稼，这让大财主损失惨重。之前，他们托梦给了自己的乡亲，每逢二月初一记得做些茼花糍粑，再用棍棒穿起，挂于自家田间为记，以免误食乡亲的农作物。从此，这里就有了“糊鸟嘴节”的风俗。

供鸟啄食的糍粑也很特别，既不是黄糍粑、油糍粑、膏浆粑，也不是白糍粑、粳米糍粑、糯米糍粑，而是茼花糍粑。

说这糍粑，还得先说一种草。即茼花草，俗名鼠曲草。到二月，东江湖畔，田间地头，到处是茼花草。它们顶着一朵朵绒毛般的黄花，身姿婀娜，却又不失文静与朴素的本色。这种草全株白色，有细毛，叶片小，形状似菊，黄花如絮。

东江湖人家挽起竹篮，采回茼花，用清水洗净。之后，取一定比例的糯米和粳米泡开后磨浆，再滤浆榨干成粉块。接着把茼花草榨汁，将干粉块与草汁揉搓成粉团，上灶用柴火蒸煮，待到香气弥漫时便可出锅。出锅后，还得晾一晾。原来，唯有给它合适的歇口气时间，才能让它充分彰显筋道的牙感和清香的味道。茼花糍粑不仅仅做

民以食为天◎曹广文 摄

给鸟儿啄食，也早已成了东江湖人家爱吃的东西。

东江湖畔还有一种好吃的糍粑，叫“大禾米糍粑”。它也被叫成“果大禾”，这俗称因“假大禾”谐音得来。大禾稻本来是一种黄色的米。但几十年前，便从当地稻田里隐身而退了。没有大禾稻，但大禾米糍粑还是要吃的。毕竟，一个念头也会让嘴馋得难受。于是，东江湖人家有了一个新发明，将籼米和糯米按比例混合在一块，磨成浆做粑子，再用稻草灰泡成浓淡适宜的碱水掺进去，糍粑颜色变黄，又具有浓烈的芳香味，如此就成了不是用大禾米做的大禾米糍粑。男人们将其舂成糯糍，之后的事便交给女人们承担。她们把袖子挽上，露出一双白嫩丰腴的手臂，用手沾点生茶油，接着把放在案板上的糍粑抖揉振荡，最后拍打成棒槌状，或揉搓成三角状。

如何让“果大禾”保鲜，有一个很“土气”的办法。当糍粑冷却变硬后，再放入木盆里用碱水泡着，哪怕放上半年，也不会见它变质。想吃的时候再捞出来，或煎或煮，皆是入口细糯，唇齿留香，回味悠长。

大年初一，村里人大早起床，除放鞭炮外，就是品尝“果大禾”糍粑。一定要粘上糖，弄得满嘴留香，才能寓意一年甜甜蜜蜜。正月里嫁出去的女儿“回门”，也用“果大禾”压担子。家里来了客人，主人要做的第一件事，捞出一只“果大禾”，切片煮饮，淋上蜂蜜，蘸上香的芝麻，即可上桌待客。走亲访友，几只“果大禾”也会随行而去。

“田里的女，山里的郎，脱光衣服任你尝！”东江湖畔这一句顺口溜，说的是包粽子。

东江湖人家把做粽子用的糯米比喻成“田里的女”，把包粽子的粽叶比喻成“山里的郎”，将剥开粽叶吃粽子比喻成“脱光衣服任你尝”，不仅形象生动，也有几分浪漫。东江湖畔的粽子与毗邻地区的粽子没有明显差异。但东江湖人家将做粽子赋予了不少规矩。在东江湖人家看来，煮粽子是一件神秘的事情。而且煮粽子的人一定是女子！女子一定会将双手洗得特别干净。在煮粽子时，女子一声不吭，心中却是念念有词。否则，煮出来的粽子会变成夹生饭，味道怪异。相继经过大火、中火、小火煮上四五个小时，香喷喷的粽子就可以出锅了。

我曾问刚煮好一锅粽子的嫂子："煮粽子时，你心里念了什么词呢？"她一笑，即答："下辈子你来东江湖畔做了女人，就晓得了。"真的，东江湖人家的女人有智慧。

东江湖畔，还有一种食物，叫团撒。在东江移民博物馆里，我就看到了一幅《涂团撒》的照片。与其他糍粑不一样的地方，团撒需要染色、描花或者写字。之前遇上秋天好日头时，东江湖人家先会将团撒晒上三五天，干透了，硬扎了，再择个好日子，叫上家人坐在晒架旁，一起往团撒上面涂花样。晒架上放着几个装有多种颜料的小杯子，颜料皆是他们从植物果实中挤出汁制成的，有大红，有桃红，有绿色，有黄色。旁边放有好几支干净的毛笔。拿起毛笔，即可蘸色往团撒上面涂，不同的颜色用不同的笔，红色套绿色，黄色套大红，涂成了许多图案，有品字形、荷花、太阳、月亮，还有旺字、寿字、喜字等。如今，东江湖人家还喜欢在团撒上写一些"丰衣足食""春色满园""锦绣前程"等祝愿语。团撒下油锅炸好后，即可品尝，酥香可口。东江湖人家也喜欢把炸好的团撒放进大瓮里。瓮底下放些生石灰块，用土纸盖着石灰块，纸上放团撒，最上面盖一块棉布。记得要将瓮盖盖好，这样团撒放上半年也不会潮。

东江湖畔有很多小吃，同样让人大赞。如渡头老凉粉。这凉粉怎么做成的呢？当地有一种叫“凉瓜崽”的藤本植物，它一般生长在阳光比较充足的地方，喜欢攀附缠绕在树上或墙头开花结果。“凉瓜崽”的果子略呈圆筒状，像一只倒置杯子。它呈青绿色，大小如柑橘。据说可入药。夏日，“凉瓜崽”成熟时，即可将其采摘下来，剖成小瓣，晒干。然后取一盆清凉泉水，把适量干果用白布包好放于水里，泡发两三分钟，待瓜瓣松软后慢慢用力挤压布包，这时黏黏的汁液流了出来，落入水中。再用筷子在水中搅拌，如此让瓜汁与泉水充分融合，又用布盖好置于阴凉处。一个小时以后，将布揭开，一盆清嫩、纯明如镜的原生态“凉水”就出来了。它比现在的果冻要晶莹剔透多了，有一种娇媚欲滴的品质。拿碗装好“凉水”，再加一调羹甜酒糟，或糊子酒，即成一碗地道的老凉粉。当然，也可放点红糖。

一碗老凉粉，喝出万般乡愁。

东江湾◎曹广文摄

四

刘强是一位省城记者。那年，他从长沙来到资兴，说要采访旅游产业项目。那天，他突然问好：“你天天侃东江湖人家的菜好吃，但我没有尝出特色来呐。”

“那是你没真正深入基层呐。”我调侃一句。我跟他建议，真要吃到这地方农家菜，得到乡下喝一顿喜酒。看似喜宴，实是农家之“满汉全席”。当然，它是以“农家十大碗”的形式出现。第二天，我刚好去流华湾吃婚宴酒席，也就把刘记者带到村里。在桌旁，我重点跟他介绍“农家十大碗”的构成。

第一碗：豆粉丝。以豆粉丝为主料，并将胡萝卜、油豆腐切丝，将黄花菜或海参等作盖面菜。

第二碗：骨头汤。以野生木耳或野生香菇等炖猪骨头或老鸡、鸭、鹅等。

第三碗：白片。五花肉片、油豆腐焖烧而成。

第四碗：扣肚糯饭。糯米饭拌猪肚片丁、瘦肉丁、豆腐丁等进行烹饪。

第五碗：髈蹄（或团子肉）。

第六碗：红薯面（或海带）。

第七碗：内腑（亦称内杂）。

第八碗：炆萝卜。萝卜、骨头用鼎罐文火炖成。

第九碗：魔芋（或白菜）。魔芋佐酸辣椒炒制。

第十碗：高丽鱼（或高丽肉）。佐白辣椒烹饪而成。

我还跟他介绍了一些特色环节。第一碗菜，豆粉丝。但不仅仅就是一碗豆粉，粉上还有荤物，叫盖面菜，一般由肉片、油豆腐丝、鸡蛋丝及黄花菜等组成。“盖面菜”，是本地人的一个叫法，无非是将最好的菜放在碗面上。“盖面菜”，“盖”出来的是一个“面子”。眼前，豆粉丝改成“全家福”，配料大有改观，它由虎皮蛋、肉丸、香菇、蛋卷、猪肝、火腿肠、瘦肉制成，也会撒些红辣椒，表示喜庆。同时，第一碗菜也叫定调菜。它一亮相，就知道今天这宴席的档次如何。

第二碗菜，骨头汤。旧时的一般人家，三五只鸡要炖汤十几碗。但现在都是上整只鸡，而且个头不宜太小或太大，两三斤样子。

第五碗菜上桌时，算是一个隆重环节，这时要放鞭炮。整个酒席也就掀起了一个高潮。上第五碗菜时，还会有一个谢厨之礼。如是嫁女，代表男方接亲的催书先生会带着乐师及红包、谢贴、香烟，在女方侍客引领下，吹吹打打，走进厨房，说上几句厨师辛苦、手艺高超之类的客套话，并且送上红包香烟。此礼既叫谢厨，也叫催厨，意在请厨师加快速度，以便席后女方宾客早点动步。但作为女方，也是热情待客。所以在上第八碗菜后，厨师就会暂停炒菜，任凭宾客闹酒。精明的催书先生这时就得有八面玲珑的本事，尽量夸奖厨师，不停递烟，好让厨师继续炒菜。

“哈哈，还真是‘斗智斗勇’呀。”刘记者笑道。他也有点不明白，什么叫“催书先生”。我以前对这一称呼也感到陌生。后来，当过“催书先生”的李宙南给了我一番解释。催书先生，就是男方接亲的“全权代表”，负责与女方沟通、协调事项，表达男方的诚意与热忱，其中一个关键就是把握时辰。催书先生，必须是一个八面玲珑、能说会道，最好是在当地德高望重的人物，如此才能在现场解决很多问题。因为女方在接待中，也会充分营造“居高临下”的气氛，体现男方求女方的本质。女方也有一个类似代表，他叫“礼生”，负责女方与催书先生的对接。

接着，我跟刘记者介绍第十碗菜。为什么叫高丽鱼呢？将鲜鱼剁成肉泥，和上米粉油炸，用时切成块状，与白辣椒一块炒。在特殊时期，鱼是鲜有物质，许多人家只好用剁成肉泥的猪肉和米粉油炸。这时，此道菜就叫高丽肉。当然，十大碗只是一个大概念。家境条件好的在十大碗之外，也会加两个菜，而且都是荤菜。刘记者却在琢磨：“怎么不上红烧肉呢？我们老家办酒席，一个当家主菜就是红烧肉。”

“一方山水，一方风俗吧。”我回了一句。

不过，他的话却让我想起了红曲肉。在资兴的传统菜中，红曲肉也是一道名菜。冬至这天，东江湖人家会将猪肉切成豆腐块模样，放上食盐和佐料腌制好，再用绳子串起来，挂到竹竿上晒两三天，然后用谷壳或者茶子壳烘烤，待冷却后，就将红曲均匀地擦到猪肉上，之后把红曲肉一块一块放到坛子里，满了一个月，即可拿其蒸着吃。假如不急着待客，可以保存多年。时间越长，肉质愈发红色，瘦肉则会通透明亮，且愈加香醇可口。

当地作协主席李性亮跟我讲过一个故事。1983年1月，中国人民解放军原空军副司令、中央顾问委员会委员曹里怀将军回到家乡视察，在吃饭时，惊喜地发现饭桌上有一碗红曲肉。曹里怀激动地说："五十多年了，没吃过家乡的红曲肉了。现在还有人知道这种菜吗？"当地领导如实说道："知道做的人不多了，做得这么好的就更少了。这是唐家树下一位老阿婆做的。曹将军您品品看如何？"曹里怀拿起筷子，夹了一块红曲肉，轻轻咬了一口，然后缩回手，认真地看了又看筷子上夹着的红曲肉，接着笑眯眯地说："你看看，这红曲肉，里面红红的还有些透明！味道纯正，跟我小时候在家吃的差不多。"

而且，李性亮还是当时这"现场"的见证人。

跟做红曲肉手法一样，当地做红曲鱼。红曲是有历史与背景的。《中华本草》记载以为：红曲药用首载于元代《饮膳正要》。据考证，红曲作为食材的运用则最早见于汉代。也有考证称，红曲最早用于食物或许见于宋朝。宋庄绰《鸡肋编》称："江南闽中公私酝酿皆是红曲酒，至秋尽食物红糟，蔬菜鱼肉率以拌和。"苏轼也曾念道："玉关不用一丸泥，自有长城鸟鼠西。剩与故人寻土物，腊糟红曲寄驼蹄。"此处为确切的红曲酒的记载。北宋初年《清异录》中记录有"红曲煮肉"。"孟蜀尚食掌食曲一百卷，有赐绯举，其法：以红曲煮肉，卷紧，石镇，深入酒骨（即糟）腌透，切如纸薄，乃进。"

据我了解，资兴自古就有食用红曲肉、红曲鱼的习惯。眼前又能吃到这两样美食吗？看口福吧。

但众所皆知，东江湖人家所开办的农家乐餐馆已经有了不少"当家菜”——大多是当地传统做法的菜品。

得来福酒家，店主姓张，食客皆称他为张老板。

张老板有一习惯，喜欢亲自上菜，而且吊高嗓门会报菜名，当然也会讲一讲这菜的来历或做法。第一碗是“香酥小鱼”。张老板称，这是茶油鲜炸东江湖产的条子鱼，一条条色泽黄亮，挺直着身子躺在菜盘里。尝一口，没半点土腥味。第二碗是“乡村走地乌鸡汤”，乡里的土乌鸡切块清炖，硕大的汤碗盛上，鸡肉乌青，鸡汤清澈，香气四溢。第三碗“粉蒸肉”，大块大块的五花猪肉蘸上米粉高温蒸熟，肉油浸入米粉，闪闪发亮。第四碗“回锅肉”，切成小片状的猪肉合着农家油豆腐，配以芹菜梗、尖椒等佐料。第五碗“浓汤狗肉”，狗肉烹煮，汤成浆状，两捆整葱在酱色中透绿。第六碗“皮蛋茄子”，皮蛋捣碎，紫茄子切成片状，配上细点椒、葱段。第七碗“油炸米粉鲜笋”，与香酥小鱼不同，米粉和笋是用猪油煎成的，特别香。最后上的是三碗清炒时蔬，一是长豆角，二是鲜黄瓜，三是红苋菜。这样算下来，也是一个十大碗。其间，有荤有素；细看下去，鱼黄、肉橙、茄紫、椒红、笋白、葱绿、苋蓝，七彩纷呈。入口品尝，甜的、辣的、咸的、酸的、苦（凉）的，五味俱全。看这满满一桌子，即便不见山珍海味、大鱼大肉，但农家风格色、香、味、形一应俱全。而且，张老板又送了一壶白露酒。于是众友举杯，杯盏碰撞。其实，张老板的店子还有几道叫得响的菜，分别是豌豆肥肠、酸菜红烧肉、麻辣排骨和番茄毛血旺。

后来我发现，东江湖畔的农家菜为什么好吃？原来有一个讲究，它们皆是应时应季的本土食材，用简单的调味和朴素的烹饪方法，彻底还原传统土菜原来的味道。

原味，才能成就最勾魂的美食。

第七章

雾漫小东江◎曹广文　摄

得趣记

DE QU JI

所得之趣，看似天赋此景，却是各人心境得趣的写意。

东江湖，一个值得回味的地方。山美、水美。任何一景，皆为神来之笔。鸟语花枝俏，风和柳线扬。春蹊欢蝶舞，水乐引鹅吭。甚至还可雨笠耕云岭，烟蓑钓月波。所得之趣，看似天赋此景，却是各人心境得趣的写意。

东江湖寻趣，确实有一些更富雅兴的路径。突然想到两句话。陶渊明念道“酒能消百虑”，杜子美则诵“一酌散千忧”。皆是得趣之句也。

自古趣味酒生成，东江湖亦是如此。央视介绍“二十四节气”中的第15个节气——白露时，将“饮白露酒”列为一种重要的文化习俗。它欣然举证称：“饮白露酒”又称为“啜米酒”，资兴兴宁、三都、蓼江一带历来有酿酒习俗。每年白露一到，家家酿酒，待客接人必喝“土酒”。其酒用糯米、高粱等五谷酿成，温中含热，略带甜味，故称“白露酒”。

那日，我陪朋友去看观澜书院，在离此不远的农家乐吃饭。朋友斯斯文文地提出：“能否喝两碗白露酒？”还好，我早已让当地文友徐堂忠备好了一坛地道的“白露酒。”

喝下一碗。我问：“口感如何？”

“爽！并非徒有虚名。”

白露酒，当然名副其实。

徐堂忠，东江湖畔的民俗文化专家。这方面的专著，已经出版多部，包括独立或与他人合作，相继完成《资兴民俗知识读本》《千年流华湾》等书籍。另有数部中短篇小说散文集问世。

记得有一日，徐堂忠把我带进蓼江老街。它位于蓼江旁。蓼江属于程江的一段。当年，蓼江热闹得很哇，被称为“小南京”有其缘故。酒坊林立，便是一景。如今，这里仍有古朴的酒坊。其中一家叫“朋吉来”的酒坊，它建在一幢老式的屋子里。该是常年烟熏火燎的缘故吧，四周墙壁黑得如漆。两个大炉灶，一个用来蒸糯米，一个用来蒸馏烧酒。店里还堆满酒缸，酒香弥漫，随便让人吸一口，也会有飘飘欲仙的感觉。

在徐堂忠介绍下，我认识了酒坊老板段吉林。段吉林七十好几。酒坊是其祖业。三十多年前，父亲即便依依不舍，仍是把酒坊交给段吉林。段吉林笑道：“跟我老子一样，年纪到了这把，特别怀旧，看到老主顾来打酒，怎么都放不下他们，酒坊也就一直开门。”但每天酿酒后，便会休息一个下午，大多会找老伙计打几手牌。小时候，他们一块偷段吉林他父亲酿的酒喝。

他每天蒸三锅酒，大概一百来斤。年轻时，他一天酿六锅酒，起早贪黑的玩法。白露酒早就给了我一种神秘感，我趁机想探个究竟。段吉林称：“白露酒工艺非常古老，但没太多很难的技术。特别要掌握一个最大窍门，往酒糟里加的白酒，起码得上五十度。还有，这酒存放越久越是好喝。”段吉林也就有了一个地下酒窖，藏了不少老酒。老酒，也称陈酒。徐堂忠跟我嘀咕，那些陈酒早被段吉林当成了酒坊镇店之宝。遇上投缘的人，一缸也得卖个三五千块钱。

段吉林刚刚完成第一锅酒，第二锅酒也掐了头，正值最浓烈的时候。从另一个炉灶蒸熟的糯米饭，也摊晾在门口，稍后即拌曲。看到蒸馏、蒸饭两个炉灶同时进行，我问段师傅，这方式跟当地酿造烧酒和甜酒混合的白露酒该有几分关联吧。段吉林一笑：“内行！”跟我们聊天时，段吉林手上忙着用石臼将酒药捣成粉末。酒药是酒的灵魂。段吉林却不将它视为秘方。他说：“在乡间，酒药从来就不是什么秘密。我用的酒药，无非是用几把辣蓼草、兰花草做成的。”徐堂忠之前介绍过，蓼江这地方原本就与酒有缘。因为蓼江两岸多辣蓼草，小镇因此得名。

段吉林也不想放弃最传统的酿酒工艺。他说，酒坊就这“命根子”。哪怕蒸馏，采用的也是最古老的方式。水是酿酒的一个关键。他酒坊的水取自老街古井，这也是段家酒坊得天独厚的一个条件。镇上的人把这座古井叫作“男儿井”。此名得于一传说，称喝这口井水可生男儿。平时，真有一些远道而来的游客借瓢取水喝。几乎将肚子灌得满满的，连连打嗝，才兴高采烈地离去，好像都抱着一个招财童子回家。段吉林不相信这种传说。玄乎！但他承认，用古井水酿出的酒，远比用别地方的水酿酒好喝得多，回味绵长。

桃李春风一杯酒，江湖夜雨十年灯。酒藏春风，酒便是江湖。段吉林蒸酒几十年，积累众多经验。他说，这才是自家的“饭碗”。他将不对外人说道的这些秘密，一一传给了儿子。他得意地说：“要找比东江湖水好喝的饮品，那只有我做的白露酒。”徐堂忠当即补了一句：“也算没吹牛。酒水本来也不分家。”

那天，段吉林来了少见的兴致。也许是徐堂忠“忽悠”得当，竟然开了一坛从酒窖里搬上来的白露老酒。30年酒龄！酒糟变得猩红。

“这种颜色，才是最好的白露酒的一个标志。”徐堂忠酒量好像不大，白露酒的品行如何，却是了如指掌。

当地人也将白露酒叫白露大曲。其实，最匹配的名称，该是徐堂

东江湾©曹广文　摄

忠所说的“千日酒”。“千日”是一个泛指。越是陈酒，越是香醇。记得《新京报》曾经报道，东江湖畔“十年、二十年陈年的白露酒，在当地只有家里有大喜事时才会拿出来喝。”陈年白露酒能否让人喝到，还得看口福。

我有一个印象，好酒缘于好喝。东江湖畔有好酒，跟这地方喝酒传统有关系。或者说，东江湖人家有这喝酒喜好，才成就了这种好酒。自古以来，当地百姓喝酒讲究多多。《兴宁县志》记载：“汉永平二年，令郡县行乡饮酒于学校。”老旧市街上，古时便颁布了《录乡饮酒礼》和《乡饮酒礼图式》。每年秋冬，这里会举行乡饮酒礼，酒席规格及座次有不少规矩，比如设宾、馔、介、主酒席都有约定，一切得按《仪礼》安客就座喝酒。雅趣元素也有。因此配上了“御制《补笙诗》乐谱”呐。

史料显示，白露酒的前身是醽醁酒。醽醁酒，缘于酿酒之水取自醽醁泉。醽醁泉在哪里？古代大旅行家徐霞客留下了答案。他当年游历郴州时，曾来到程江口，便尝过一口名叫醽醁的泉水。他在游记中写道：“郴之兴宁有醽醁泉、程乡水，皆以酒名，一邑而有此二水擅名千古……”

兴宁，资兴老县名。屈原《楚辞》中称：“楚源醽醁。”汉《郡国志》记载：“程水乡出美酒者也，古置宫酝。”北魏郦道元《水经注》卷三十九记载：“县有渌水，出县东侠公山。西北流，而南屈注于耒，谓之程乡溪，郡置酒宫，酝于山下，名曰程酒，献同郦也。”南北朝到隋唐，醽醁酒进入鼎盛时期。“醽醁”二字逐渐成为美酒代名词，酒官水则成为程乡醽醁里一地名。唐太宗李世民写诗赞道：“醽醁胜兰生，翠涛过玉薤。千里醉不醒，十年味不败。”“千里醉不醒，十年味不败”应该作为后来应时而生、顺势而有的白露酒最佳广告词。唐代宰相、曾任郴州刺史李吉甫编撰过《元和郡县图志》，其有一言："程乡出酒。"据说，李吉甫就是拿程乡所产的酒招待友人。一刘姓友人曾拿出一幅名画，换了李吉甫十坛"醽醁"，然后带回浙江老家。又有传说，李吉甫待在郴州时，也常约当地文人小聚，桌上总要摆着几坛"醽醁"。李吉甫也算性情之人。只是当宰相时，他露的该是另一张面孔吧。否则，他做不了那么大的官。据说他时常托郴州友人捎几坛"醽醁"进京，如此可猜，说不定当时的皇帝十有八九喝过这酒。唐代医药学家孙思邈《论大医精诚第二》之《千金方》一文记载："醽醁兼陈，看有若无。"孙思邈几乎用"看有若无"一词卖了一个关子。悬念还是解开了，孙思邈心目中的美酒，已经重现人间。

2003年7月31日，人民日报海外版发表专题报道，标题是《西汉美酒今犹在》，文中说："2003年3月在西安市北郊一个文景时代的大型汉墓中，发现了26公斤深埋地下达2130年之久，出土时其酒精度还有1度的西汉美酒。"专家认为这次出土的西汉古酒，是我国考古出土古酒中保存最好、存量最大、年代最久的古酒。它对于研究西汉风俗礼制、中国古代酿酒技术以及酒文化提供了重要实物证据，堪称国之瑰宝。

还有一条最让人兴奋的消息，专家称该酒就是湖南进贡皇室的醽醁。那日，我读到这则消息，仰头冲天上嚷道："孙老大夫，我念一则消息给您听一听，好让您不再似'看有若无'忽悠人间了！"资兴醽醁泉具体又在哪个位置呢？在回答这个问题之前，徐堂忠念了一句古诗：

玉为曲蘖石为垆，万榼千壶汲未枯。
山下家家有醇酒，酿时皆用此泉无。

水墨东江◎曹广文　摄

此诗作者是阮阅。宋徽宗宣和五年（1123），阮阅到郴州任知县。这期间，他写了一本《郴江百咏》。《醽醁泉》便是其中一首。“糵”即酿酒的曲；“垆”即安放酒瓮的土台子；榼则为古时盛酒的器具。《醽醁泉》这首诗，看起来很平常，但它破解了“醽醁酒”销声匿迹之谜。同时，也见证了另一种名酒即“白露酒”的诞生。阮阅的诗题名为“泉”，实则写“酒”。核心是后面两句“山下家家有醇酒，酿时皆用此泉无”。这首诗是写实，不是写意。写的是酿酒的繁忙场景，以及庞大的规模。这一特指的地方家家酿酒，酿的又是同一类酒——醽醁酒。这也证明，醽醁酒即便是酒中酒霸，仍是进入了寻常百姓家。随着“山下家家有醇酒”的普及，醽醁酒酿酒工艺、技术、酒曲、器具、流程、原料配方等被民间传承下来，又有了新的发展与创新。这样在更大的区域内诞生了一批如“白露酒”“倒缸酒”等黄酒，且世代相传，流传至今。

醽醁酒与白露酒、倒缸酒，它们之间是一种前世今生的关系。当地百姓酿的即是白露酒。白露酒，早已成了这一方百姓自乐与待客的“饮品”。当地人从小就开始喝、喜欢喝。白露酒啊白露酒，你让我不知为你醉过多少回。而且，每次都醉得香、醉得舒服、醉得深沉。屡醉屡喝，屡喝屡醉。千日酒、千日醉，这称呼也才叫响了。这类称呼似乎更显示它的魅力。

有一次，朋友随我喝了一顿白露酒，结果第二天早上误了去雾漫小东江的行程。他说，并不遗憾。好酒胜过万千景。我想，即便醽醁泉、醽醁酒淡出公众的视野，但围绕醽醁泉、醽醁酒又发生了一件千古奇事，即：醽醁曹氏独占醽醁泉。

南宋绍定戊子（1228）年间，曾任巴州刺史的曹行锡，看好兴宁醽醁泉，迁居其东廊居住。族谱中有这般记载：

“盖闻……东西两廊，脉发七宝之岭，水储醽醁之泉，分资兴八景之一，为合邑名胜之冠……”“行锡公籍衡阳，由赐进士授巴州刺史知州。有善政……致仕还乡，嗜清静，携子二麒与森，宋时来宁卜居醽醁东廊立业，子孙蕃衍，乃建造观澜书堂以训族堂之少俊……”曹行锡的选择相当正确。到元代大德甲辰年间（1304），其后人曹一本中状元。族谱记载：“一本字如圭、号纯叟。元大德丁酉举人、甲辰状元，授左春坊……”。曹一筵则为二甲传胪。

一件名响四方的大喜事。曹氏也很在乎这些荣誉。《醽醁曹氏族谱》当即记载：元代，曹氏空前兴旺发达，仅三四年间，一门出一状元、一进士、一举人，在当地乃至郴州历史上是空前的。

追根溯源。于是就有了说法，不仅祖宗多多保佑，醽醁泉也给曹氏家族带来了好运。曹氏欣然将自己称为“醽醁曹氏”，这当然是一项很认真又很郑重的决定。玩真的！连神圣无比的族谱，其封面也印成了《醽醁曹氏族谱》。他们又把自己居住的地方称为“醽醁里”及“醽醁村”。所建“观澜书院”，又名“醽醁书院”。就连“观澜书院”门口前的池塘，也被叫为“醽醁潭”。醽醁泉旁的庙被称为“醽醁寺”。一句话，“醽醁”早已成为曹氏家族的一个特定象征。

一个很成功的文创范例。从某种意义看，“醽醁泉”早已成为曹氏家族的精神源泉。同时，酒泉也成为曹氏“私产”。清乾隆五十四年，《醽醁曹氏族谱·曹翁周元年兄八旬开一寿序》中仍见记载：“……珠履如云，高朋满座，酒醞醽醁，仙管叶笙簧之韻……”

这真是一大奇观：中国千年名酒醽醁酒，完全成为“醽醁曹氏”家族的家宴酒。

千年名泉的醽醁泉，后来到哪里去了呢？前些年发现一俗名叫“碓臼井”的古井。经专家反复考证，最后证明这口“碓臼井”即是一度“失踪”的醽醁泉。印象中，这口井水质清澈，出水量极大。据说，可供整个村民日常饮用。史书称之“夏不涸，春不冷，淆之不浊”，足见其井不凡。村里人也知道用这口井水做酒，酒味特好。不仅水好，周围的风景也优美。井旁即是石板古道。古道两侧有参天古树，浓密的树叶一直垂至井旁，像是这口井的天然华盖。在距离井不到10米的地方，又有古凉亭及古铺面。

“碓臼井”便在柏树村。

很多友人说，没想到东江湖畔竟有这般美酒。喝一口酒，便是喝一口历史；喝一口酒，便是喝一口文化；喝一口酒，也喝了一口当地那醉人的风情。

有人曾说：不好意思，我真不喝酒。

喝茶不？我问。

东江湖畔，云雾缭绕，除了景美，还能享用一口好茶。这好茶中的好茶当属狗脑贡。

有间茶室坐落东江湖旁。友人相邀，我随他走进他的一间茶室。

自古隐士畏喧杂吧。记得明代冯可宾在《蚧茶笺》一文中总结饮茶十三宜：无事、佳客、幽坐、吟咏、挥翰、徜徉、睡起、宿醒、清供、精舍、会心、赏鉴、文僮。这些隐者真会过日子哇。

其实，我的这位友人也有几分雅兴。他称，不唯求避世入林，但寻一方净土。他该是早有体会，造一室桃源，饮茶其中，静心亦不难。他在东江湖边租了一幢旧屋，将其改造成茶室，也就筑成了自己的心境。

这里，花木竹石，水映残影，半实半虚，甚是舒爽。墙上仅有一饰物，便是一道木刻上去的两句古诗：“一毫无复关心事，不枉人间住百年。”我把前两句，即“雪液清甘涨井泉，白携茶灶就烹煎”念出时，友人说：“一切皆已备好。至于我的井泉，便是这口东江湖。它是世上最好的水，最适合泡狗脑贡。”

我们一边品狗脑贡，一边聊它的往事与今趣。这茶跟炎帝扯上了关系。炎帝尝百草时，身边曾有一只麒麟犬。一日，一人一犬来到资兴汤市一座无名山时，炎帝误食野果中毒，昏倒在地，不省人事。幸得麒麟犬寻得一种“仙叶”，将其汁液滴入炎帝口中，救醒了炎帝。炎帝感叹麒麟犬的忠心，便将这种“仙叶”命名为“狗脑茶”。汤溪百姓为纪念此事，便将无名山取名为“狗脑山”。

听到这故事，常见人笑道：“犬动脑筋亦成仙呀。”

那么，“狗脑茶”后来怎么成了贡茶呢？《资兴县志》记载，宋神宗元丰三年，汤市一人中了进士，在此偏乡僻野可谓史无前人。新进士非常感谢皇恩，便将家乡“狗脑茶”献给宋神宗。宋神宗才饮一口，即是大加赞赏，接着又被进士所讲述的“狗脑茶”来历所感动，便金口一开，让其成了贡品。从此，“狗脑茶”改名“狗脑贡茶”。

后来去汤市洗温泉时，我特意爬了一趟“狗脑山”，想看一看它的真面目。这地方真给了我一种世外桃源的感受。“狗脑山”中间较为平坦，山的四周群山环绕，青石一层一层的。那纵横交错的石缝处显得神奇，或长着茶叶树，或长着奇花异草，许多石缝中还冒出串串水珠。当时，我用手接了一掬水，舔了一口。很甜，清爽。又见泉水顺石而流，沿山而下，汇入山脚下的河流里。该是山上山下水汽充足的缘故，一年四季云雾缭绕，仿佛仙境一般。同时，“狗脑山”山脉又与汤溪温泉相傍，暖气回旋，极利于茶叶生长。狗脑贡茶自古就被茶客追捧。“狗脑山”附近的人家也有一个传统，家家户户以种茶为主，靠茶养家。

一位茶农跟我说，汤市有6000多户人家种茶。可以想象那茶山的

资兴市汤溪镇采茶◎陈雄鹰 摄

场面多么壮观。最好看的风景又是采茶女构成的。新竹背篓采茶女，俏影丽容赛繁花。而且，笑语绵甜悦山鸟，欢歌纵情破雾纱。还有，艳唇云鬓迎晓日，红颊褶衣送晚霞。即便累了一整天，又有哪个姑娘不开心呢？在她们眼里，日子越来越好。

据了解，因生长的地理土质特别，植被保存完好等原因，狗脑贡所含的茶多酚、氨基酸、咖啡碱、维生素和微量元素含量充足，是一般茶叶的数倍到数十倍。有开发者将汤市山上的茶树移到他处种植，结果茶叶品质、口感、经久耐泡程度就远远不如狗脑山上的茶。一方山水一方茶。

作为绿茶，狗脑贡外形条索紧细、巧曲奇卷、银毫满披，色泽绿润灵雅；内质经冲耐泡、汤色嫩绿明亮，香气高锐持久，滋味鲜厚醇爽、回味悠长，叶底嫩匀。它外形内质兼美、色香味形俱佳，当属绿茶之珍品，自然之馈赠。

又品一杯。

友人称，饮用狗脑贡茶，通常用透明度好的玻璃杯、瓷杯或茶碗冲泡。泡狗脑贡茶的水质要好。东江湖之外的饮者，可选用洁净的优质矿泉水，也可用净化处理的自来水。他说，泡茶用水最好取自东江湖。相得益彰，皆是最佳选择。

水温，煮水初沸即可，这样泡出的茶水鲜爽度较好。而且，沏茶水温85℃左右最为适宜。一旦温度过高，狗脑贡茶的叶绿素便遭破坏，色泽变黄，茶多酚类物质也会在高温下迅速氧化。同时，茶与水比为1：50至1：60（即一克茶叶用水50毫升至60毫升），这样冲泡出来的茶汤浓淡适中，口感鲜醇。

友人是一个泡茶高手。冲泡时，他手持水壶往茶杯中注水，采用凤凰三点头的手势，使注入的热水冲动茶叶，上下浮动。他称，如此茶汁也易泡出。在冲泡时先注于少量热水，使茶叶浸润一下，稍后再注水至杯沿1厘米至2厘米即可。狗脑贡茶中的多数有效成分在第一次冲泡后浸出量最大，经三次冲泡后基本达到全量浸出的程度。非常细嫩的高级狗脑贡茶一般冲泡两次即可。

时隔不久，这位友人带我走进另一处小院。说是他一个陈姓兄弟开的民宿。

在我眼里，这里也是一座休闲之巢。东江湾、白廊、黄草及清江等地，已经有了很多档次极高，又标新立异的民宿，如东江湖一号院、那山那水、筑云、眷宿、依朵云等。它们成了东江湖一道独特的文化符号。有些游客就是奔民宿而来。

民宿中，也不乏好茶。这家能品茶的民宿有自己独特的情调。客人至此，风铃即会响起。门内有径，往左一拐，便见一方素雅小庭，方端简朴，树瘦草谦，清趣可爱。原来，小院分为左右两侧。左侧迎客食宿，右侧私密空间。中间小树当墙，忽地有了一分为二之境。这里一方茶室，一端禅室，一方浅池，竹柳相映成景，物色俱雅。我看到旁边还有几块赏石，或卧或立，姿态各异，颇具气质。有石的空间，更添一份文人清骨。

原来，这位陈氏主人是一诗人。却没看见诗集。我看见了一本《寻常茶话》，它是汪曾祺先生的作品集，当年袁鹰约他写成的。汪先生谦逊而言“我对茶实在是个外行”。但他称自己“一天换三次叶子”“坐水”，这就滤去繁华，仅存质朴，简直一个返璞归真之极也。还看到一本《陶庵梦忆》，书中将茶说得神乎其神。

在陈氏眼中，东江湖畔与中国佛茶有极深渊源。茶圣陆羽《茶经》中有“洣水上游盛产茶”的记载。狗脑贡茶产地——汤市，即是地处洣水源头。汤市神农传说，神狗解救神农中毒的神话故事，还有神农始选墓地、神农古汤（神农茶浴）等尚存遗址及狗脑山、狗脑石，狗脑石峰等地名，以及狗脑贡茶来由，均与神农发现茶和利用茶的史料记载非常吻合。

茶，始于汉，兴于唐，盛于宋。唐代堪称中国茶文化发展史上的高峰。唐朝中期，煮茶、饮茶已被识为高雅艺术行为。这一时期，专事茶、水、茶具等研究饮茶者众多。研究者中，又数佛教中人居多。唐代高僧释全真大师是其中一位“大咖”，他在径山寺植茶制茶，并以茶待客、以茶礼佛，如此造就中国佛茶和佛茶文化之源。

释全真与资兴有缘。释全真，即寿佛，生长于资兴。据史料记载，释全真幼时头上长过癞疮，得母以野茶为药治之。九岁那年的一天，行走江湖的一位算命先生见过他长相，大为吃惊。临走时，先生送其母一偈语：“此子非寻常，天资不可琰；要想治癞疮，送他去佛堂。”说完，大笑而别。

后来，母亲让全真常去附近寺院打坐念经，佛缘渐深。十四岁那年，全真拜别父母，在郴州开元寺剃度为僧。后来，他历尽千辛进了径山寺。径山一带是水乡泽国，年年流行时疫。全真入寺不久，就见师兄等多人病倒，不思斋饭，且伴有胸痛、咳嗽、寒战、发热、口干、咽燥、咯出腥臭黄色浓痰等症状。郎中连治数日，也是疗效甚微。这时，全真想到幼时被母亲以野茶为药治好癞疮偏方，自荐之后，又亲手煮茶。饮用之后，患病师兄等众人很快康复。于是，全寺僧人纷纷饮用，无不倍感神清气爽。如此，饮茶渐渐在寺中流行。但年年上山采野茶，寺里主持也觉得这活干得实在辛苦，又麻烦，便在寺中开始植茶与制茶，还专门设有“茶僧”“施头僧”“茶山”职事，专司煮茶、献茶待客。寺内东北角摆“法鼓”，西北角立“茶鼓”。此间，全真大师创建了径山寺的茶艺、茶道。僧人们每日在佛

水墨东江◎曹广文　摄

水墨东江◎曹广文　摄

前、祖前、灵前供茶成为传统，“禅茶一味”的理念也应运而生，传承当今。“禅味”，其实是一种精神形态，即茶德、茶道精神。

可见，资兴是神农最早发现茶和利用茶的源起之域，又是佛茶茶祖、佛茶文化的重要创始人——释全真故乡，当然称得上是中国茶的发祥地之一。

东江湖畔还有很多茶。“瑶岭红”红茶在第二届世界红茶产品质量推选活动中获得金奖。它的产地就在回龙山，这一区域有茶树2万余亩。或因回龙山曾是南岳宗教文化的发源地，所产茶叶除了“瑶岭红”，还有回龙山茶、七里金茶和回龙云雾茶，皆有一股与众不同的回味。八面山茶叶也极有口碑。

品茶时，我看到曹氏茶室有一株兰花。他称是斑叶兰。这是他父亲在山上发现的。他父亲年近八十，养了几十年兰花，几乎天天都要围着家里几盆兰花观赏一番。真可谓择一事成趣，得一好终老。

兰花也是东江湖旁一大“土特产”。山野溪边，兰草遍地，资兴便有了一个叫“兰市”的地方。当然，我更喜欢它以前的称呼——兰溪。一听这名字，即会被引入诗与远方的意境之中。在鸭公垅村旁，曾有当地一个“最高学府”——兰溪书院。著名革命家曾希圣和曾中生曾经在此求学。那年秋，应兰市中心完小校长之邀，我有幸去欣赏了完好保存于该校的《兰溪书院》石碑。据考证，数百年前，资兴人便开始养兰。据说古时，当地一个才子赴京参加“高考”，随行带有一盆兰花。时至半路，兰花被盗，这位才子十分伤心，竟然折返回家。他说：“兰花吾魂，魂已离弃，一副俗体带到京城又有何用？”这传说让我突然想起《孔子家语》所称：“芝兰生于深谷，不以无人而不芳；君子修道立德，不以困穷而改节。”

有趣之事，皆能入耳。村里一位婶子从山上下坡时，陡脚底一滑，就在屁股落到地上时，她右手下意识抓着路边的草。结果婶子发现这株草竟然是一株稀有的兰花。

刘全辉，也是一位爱兰之人。在长沙举行的第二十七届全国兰花博览会上，他送展的一盆蕙兰获得金奖，估值28万元。刘全辉称，这盆蕙兰很奇特，出芽时，其芽像冰一样又白又透。

另一位陈姓痴兰者说，在东江湖沿岸山上每一角落，都可能发现兰花。据专家考证，整个资兴拥有春兰、寒兰、蕙兰、建兰、豆瓣兰、石斛兰、苔兰等60多个兰花品种资源。前些年，有人在东江湖畔的山窝中发现罕见新兰种——“一叶兰”和野生蝴蝶兰。据了解，春兰最具代表性，香味最浓，其中不乏珍品。

寒兰则长在回龙山、八面山原始次森林中。我在那位陈姓痴兰者家中，欣赏过这种兰花。他跟我介绍，寒兰“相貌”独特，假鳞茎狭孵球形，包藏于叶基之内。叶带形，薄革质，暗绿色，前部边缘常有细齿。他家里这盆寒兰正好是花期。其花为淡黄绿色，又有淡黄色唇瓣。我凑到寒兰跟前耸耸鼻子，当即闻到浓烈香气。寒兰有一种株型修长健美、叶姿优雅俊秀的气质。这更让我喜欢。

陈姓痴兰者有一件津津乐道之事，他在一山上发现一株野生蝴蝶兰。我平时不太了解兰花。“兰芳人未采，花发蝶先知。”我夫人画画时，曾将这句诗作为题款。我说她这幅画不错。其实，我是喜欢这句诗所描述的意境。这幅画中除了兰花与蝴蝶，一侧还画有奇石。到底是花依石，还是石附花呢？也许是两情相悦，才让彼此这般愉悦。

东江湖也有不少奇石，东江湾那座奇石馆并不是平白无故地出现。“带不走东江湖，就带一块东江湖奇石回去吧。”有一位谭姓游客人手一块拳头大小的石头，准备放在自己书斋里。我也不是玩石者。但东江湖奇石，给了我一悟：石不能言最可人，它默默无语，却

雾漫东江◎曹广文　摄

对人充满了温情，也惹得人怜爱。人与石相对，是与朋友在含情对话。所以，清人黄云说：“寒山一片石，可共语也。”又记得前人有云：“瓶中插花，盆中养石，虽是寻常供具，实关幽人性情。”

一句话，东江湖真有好石头。

而且，民间有一传说，那年徐霞客不仅从兴宁（即今资兴）带走一坛“醽醁”，还看中一方石头……

第八章

雾漫小东江◎曹广文　摄

拍雾记

PAI WU JI

小东江能赢得众多赞誉，缘于弥漫小东江上的雾。

东江湖，摄影天堂。

在天堂中，有一颗最为耀眼、最具魅力的明珠，它就是小东江。小东江能赢得众多赞誉，缘于弥漫小东江上的雾。雾漫小东江，早已成为整个东江湖景区最受追捧的打卡点。

一

有年夏日，著名诗人舒婷来到郴州。她是我的偶像，我尤其喜欢她那首《致橡树》：

“我如果爱你，
绝不像攀援的凌霄花，
借你的高枝炫耀自己……”

近年深居简出，却能欣然从鼓浪屿来到湘南，她说有一个目的，想看一看闻名世界的雾漫小东江美景。

天刚蒙蒙见亮时，我就陪舒婷及她的先生赶到了小东江。这一天的雾，特别好。我开玩笑说：“雾也知道您要来观赏自己，也就把自己最美妙的景致展现出来。”舒婷看到氤氲晨雾像一层天轻纱，笼罩得整条小东江充满神秘、朦胧而又迷离，不由大赞：“人间仙境！”在游道和观景台上，舒婷走走停停，几乎随时都会被变化多端的雾景吸引住。她说：“真不虚此行。雾漫小东江，完全是一种诗的意境。”她没忘记侧身“摆拍”几张照片。在临江小亭旁，舒婷伸手往雾中抓了两把，又忽地笑了。她发现，晨雾在她指间恣意流淌。

那日，舒婷也发现东江湾的砍肉粉果真好吃。除了观雾，来资兴的另一个目的就是要吃这里的砍肉粉。她跟我透露，来看雾漫小东江前，已经做好了“功课”。我跟舒婷介绍，砍肉粉早成了大多数游客起早看雾后的“标配早餐”。

“美食美景，标配！”她赞道。接着，她猜测：“用东江湖水煮的粉吧，这味道特别好。”

之前，我真没思考过这个问题。但舒婷这么一说，我当即觉得非常有理。我笑道：“这湖水不仅适合煮粉，青岛啤酒也因此在这开了分厂，更是因这天然冷水可为服务器‘消暑纳凉’，有了声名鹊起的东江湖大数据中心。”

哪怕前往另一个景点参观时，舒婷一路上仍在感慨，小东江这一场多么美妙的晨雾，一定会有很多人为它写东西的。确是如此。我也读过不少文章，《资兴摄雾记》和《小东江拍雾》这两篇文章，更是下笔有神，堪称行云流水，生动有趣，特别描述了晨雾飘忽无定、变化万千中如何带给人们一个又一个惊喜的场景。它们皆是“名人名篇”之作。

《小东江拍雾》作者满运来，曾任北京日报社总编辑、社长。后来，他做过北京市政协副主席，兼任北京市社会科学界联合会主席。很多年前，北京晚报一友人送了我两本书，一是《办报余墨》，一是《燕石集》，是满运来写的随笔，都是一纸文人情怀。满运来应邀访问柬埔寨吴哥窟，回国后写成《吴哥行》，便是一部经典游记。他写的《访越散记》，也有足够的异国风情。当然，我更喜欢他写的《小东江拍雾》。除了他一如既往地用笔老道，意境非凡，写的又是我们小东江景象，让我享受到了一种阅读愉悦。

他写道："……这时的雾气在阳光照射下，披金着玉，一团团，一片片，有时轻盈如纱，有时柔美如带，有时浓重如花，忽隐忽现，变幻莫测。由于阳光的挥洒，云彩的流动，雾霭的聚散和升降，江水也变换着深浅浓淡的颜色，现出五彩斑斓的花纹，恰似孩童们玩儿的万花筒。江水里山的倒影，此时比岸上的山更清晰，而且因为水的流动也仿佛流动起来……"

品读这些文字，给了我一种陶醉的享受。

《资兴拍雾记》又是谁写的？张五常。一个如雷贯耳的名字。1935年出生于香港，国际著名经济学家。他是新制度经济学家代表

雾漫小东江©曹广文　摄

人物，现代新制度经济学和现代产权经济学的创始人之一。他的著作《佃农理论》获得芝加哥大学政治经济学奖。我读过他的《新卖桔者言》和《吾意独怜才》，《新卖桔者言》秉承了《卖桔者言》的风格，用简单的经济理论与概念来解释表面复杂无比的世界。

二

张五常的《资兴拍雾记》不仅仅将晨雾中小东江的灵魂写活了，也写出了自己的人文境界。在他笔下，雾漫小东江景象万千。我并没感到惊讶。本来，张五常就是一“奇才”。我见过关于张五常的介绍：“一个书法家创立了合约理论，从而促成新制度经济学的发展。一个摄影家重视基础，仰慕前人，但不守常规，对光与物的看法皆与众不同。一个散文家影响神州大地对产权及交易费用的认识，也开辟

了整个中国经济学散文的新天地。”太有意思了，一个经济学家成了“中国经济学散文”引领者。又有文章称，“高佬常当年以钓技雄霸西湾河海域，曾经两次被逐出校门，是容国团的乒乓球师傅，舒苍城的背诵诗词对手。”他还能“肆无忌惮”地评论音乐。

一个极富个性的“人物”，能为小东江写下一篇文章，足见张五常对能看到雾漫小东江一景，感到多么地满足呵。张五常这篇文章的提供者是曹广文。

那天早上，曹广文跟往常一样守候拍摄小东江。被曹广文“量身定做”的撑船工，即他的“满满”（当地土话，即叔叔）赵才有正听从他的指挥，不停在江面上来回划行。正当曹广文拍得起劲时，一个讲粤语的影友团抵达小东江，他们慕名专程来拍小东江。

很快，一位身材高挑、满头花白卷发的老者站到了曹广文身后。他不停向江边挪移拍摄机位，一直挪到了接近水面的位置，不停摁动快门。这位精神矍铄，非常专注的老者，一下子引起了曹广文的注意。于是曹广文与该影友团的领队搭上话了。

对方介绍，白头发老者是一位教授，也是摄影界的老前辈，50年前即与香港简庆福一块搞摄影的。

曹广文当然知道，简庆福30岁，即获得美国摄影协会基石级会员荣衔。同样，简庆福拍的《水波的旋律》以及《黄山云》《西红柿》等照片，也深深吸引过他。曹广文听领队说，教授还是一位著名经济学家，在国内外经济学界享有极高的声望。曹广文点点头，主动靠近教授，问其船需怎么划动。对方愣了一下，用手跟曹广文比画起来，即如何根据现场构图与用光的关系，船应该划到什么位置。曹广文听明白后，除了感叹他的专业，马上就跟赵才有招呼，按照教授的要求划船、泊船与撒网、收网。

之后两个多小时的拍摄中，教授不停按快门，不停换胶片。曹广文看到教授满脸笑容，知道他拍得酣畅淋漓。

这时，太阳越过山顶，气温升高，江面的雾渐渐隐退。白头发教授长长地舒出了一口气。他转过身子，非常开心地朝曹广文伸出了大拇指。曹广文主动说："你们还没吃早餐吧，我请你们去吃早餐吧。"白头发教授跟曹广文说："谢谢。你今天帮助了我，应该我们请你才对。"他交代领队付给曹广文一定酬金。曹广文一口谢绝了。这个时候，曹广文才知道对方是张五常。他万分惊讶，今天遇到了这么一个大名人。

没隔几日，领队打给曹广文电话，要了一个地址，称张教授要送他几张他签名的照片和他的画册、经济学著作。曹广文喜出望外。很快，他收到了四张张五常自己拍的小东江风光作品，一本张五常拍自武汉大学校园梅花摄影作品集，以及他的代表作《卖桔者言》《佃农理论》《经济学解释》。即便自己不懂经济学，曹广文也知道，这几部书品正是张五常扬名立万于经济学界的代表作。

礼物太贵重了。曹广文当即琢磨，怎么回张教授一个礼才好。他读张五常梅花集时，发现内文的标题都是请国内著名书法家周慧珺先生题签的。原来，这位博学的经济学家也是一位懂书法的人。曹广文连忙去见刘小平。在东江水电厂工作的刘小平，是一位书法与篆刻名家。曹广文请他为张五常刻了一方印章。刘小平得知这背景，当即满口答应。张五常收到这"回礼"后，便让领队打电话转告曹广文，称他收到印章非常喜欢，爱不释手，已经贴到脸颊上不停地把玩。

刘小平不了解后来这个细节吧。我在东江湖畔工作时，与小平也是好友，更是"酒友"。这里头的花絮，刘小平至今喋喋不休。东江湾一带的酒吧，很适应与友人一块品酒。刘小平后来又画兰花，神韵

雾漫小东江◎曹广文摄

多多。

满运来的《小东江拍雾》是在2015年写的。

那年的8月15日，满运来与邢洪金等友人一块来小东江。因为方言不通，在他们拍摄时，又是曹广文指挥小木船。

满运来一行在东江湖畔逗留四天，拍了三个早上的雾漫小东江。第四天，他与友人又兴致勃勃地登上了“古南岳”回龙山。临走时，陪同满运来的省摄协秘书长和邢洪金一块见曹广文，说是按照惯例，要给当地指导老师支付一点酬劳。曹广文也是拒绝了。他解释了一番，从1995年发现小东江雾景时，他就给自己定下一个规矩，无论什么时候都绝不在小东江收影友一分钱，希望国内的影友都来拍小东江并且带着美好的记忆回去。他跟邢洪金说，你们能走进小东江，是小东江的无限荣光，感谢你们还来不及哩。满运来深为感动，因为曹广文给满运来留下了太深刻的印象。或许，这也是他回到北京当即动笔写《小东江拍雾》的原因之一。

张五常在《资兴摄雾记》一文开头时，即提及资兴小东江的“原不见经传，只是几年前被一个摄影者发现了，拍得一帧雾景，比赛获奖传开了，一举成名”一事，这“一个摄影者”，便是曹广文。

曹广文学摄影，还真是有很多有趣花絮。他记得，在1996年“砸锅卖铁”凑成一万八千多块钱，买齐了一套摄影器材。当年这笔钱，对于他一个普通家庭来说，近乎天文数字。所以得到这套摄影装备时，他豪情万丈，整个人都要飞起来的感觉。但意外发生了，在一个值班的夜晚，相机不翼而飞。他欲哭无泪，把头削了个精光，有一种“万念俱灰”的情绪表达。他一个礼拜也没说一句话，甚至有一天，他躺在床上不吃饭，水也未喝一口。夫人见了，便把家里仅有的2000元钱拿了出来，跟他说：“一个男人连神都丢了，这个家还有什么前途？赶紧再去买台相机吧。”曹广文接过这钱，再东借西凑一些，重新买了一台相机。不过，有些借条还是他老婆写的。否则，人家会质问他：“你还得起吗？你可不能拿短裤来抵账吧。”我曾问他，当时是不是演了一场“苦肉计”？他说，不是。绝对不是。

小东江之雾，本来就是一种自然现象。即便小东江早已有雾，但最初真正被用心拍摄的当然是曹广文。第一次朝雾漫小东江按下相机快门，那已经差不多是三十年前的事了。从1995年开始，每年雾期120天，曹广文有80天左右一大早来这拍雾。正是如此的坚守，他一个人在小东江这三四公里河道上拍出了六七张国展作品，这是相当罕见的。我曾经写过一篇文章，题目很直白，即《曹广文发现了小东江》。

曹广文跟友人嚷道：“曹广文发现了小东江，王琼华发现了曹广文。”我当然把这句话当成调侃。但我推荐他做摄影专干时说的一句话，他仍是反反复复跟人家复述：“如果曹广文在资兴做一个摄影专干不够资格的话，给全国的摄影人知道了，一定会是个笑话！”坦率承认，我当时说这话，一是履职，二是实事求是，三是确是好友。有权不用，过期作废，何况是文化兴盛之事。

时至2018年11月19日，资兴市召开首届优秀人才表彰大会。大会上，表彰了5名全市首届“领军人才”，曹广文名列其中。看来，我真没看错人。那天晚上，曹广文特意打了一个电话给我，问道：“过东江来喝几杯？”值得为他祝贺。人才，尤其是文化人才，才是这个社会进步最重要的推动者。到了这时刻，认可曹广文有这艺术天赋的人早已多如牛毛。毕竟嘛，我们都有点文化情怀吧。

所以，东江湾后来有了座资兴市东江湖摄影艺术馆，还挂着“中国摄影展览馆资兴分馆”的牌匾。曹广文就是建立这座摄影馆的第一个倡议者。

写到这里，我突然想到了黄大展。他是英国曼彻斯特大学经济学博士、英国剑桥大学金融学博士后。我写的《曹广文发现了小东江》这篇小文，后来作为曹广文摄影作品集《雾水云山》的序文之一。头一篇序文则是黄大展写的。

黄大展在序中有一段话说得特别好："当广文举起他的镜头，数十年如一日地对准了这方宁静的山光水色时，绝不仅仅是他偶然的灵感，而是他那如这山水一般宁静心境的叙述，是作者精神向往的吟唱，是艺术家良心的表述……"

三

雾漫小东江，终于成为世界级的摄影天堂。摄影界很多名家纷沓而来。哪个不想在雾漫小东江跟前拍上一张满意照片？这些"大咖"中，包括中国摄影个人成就最高奖——金像奖获得者有：王琛、孙成毅、胡国庆、石永亭、原瑞伦、张黎明、李晓英、李志良……

喝茶。曹广文端着一盏紫砂杯，抿了一口。他特意跟我讲了好几位摄影名流与雾漫小东江结缘的故事。在小东江遇上王石时，曹广文已经在小东江拍了15个年头。

那天早上，深圳特区报摄影记者陈富跑来找曹广文，说深圳企业摄影家协会主席王琛来了，想见一见他。曹广文一听，非常兴奋。在他眼里，王琛当时在中国摄影圈内名气太大了，不仅是著名摄影家，也是极有影响的摄影活动家。

写这篇文章时，王琛又一次担任中国摄影家协会副主席。在小东江2号桥，曹广文一到来，王琛开口即说："广文吧。你为摄影界干了一件大好事。”王琛表扬他为全国摄影发烧友找到了一座摄影圣地。听到这番话，曹广文心里暖烘烘的。整个早上，曹广文一直站在王琛身边，看他如何拍片。曹广文明白，这是千载难逢的学习机会。

他也清楚记得，王琛当时架着林哈夫617与哈苏两个座机，手里不停地换胶片；手里还端着一部尼康D90相机，时不时点射一轮。曹广文说：“后来收工时，只见他清理胶片，我的乖乖，一共拍了60多卷。我当即被惊呆了。王琛看着我一副惊讶的眼神，就哈哈大笑说，广文啊，拍照片一定要有量才有质。”原来，成为一位大师还是有“窍门”的。

拍完这轮片后，王琛便与小东江、与曹广文结上了缘。曹广文说：“王琛老师早已成了一位非常出色的雾漫小东江代言人！”

雾漫小东江©曹广文　摄

又聊到摄影大咖。看到我在翻看孙成毅的一部摄影作品时，曹广文便跟我说：“孙成毅先生真是我十分景仰的我国山岳风光摄影大家。”

孙成毅，深圳国际摄影周创始人和总策展人。偶然一个机会，曹广文来到深圳，与孙成毅相遇。曹广文邀请他到“雾漫小东江”看看。听完介绍后，孙成毅惊喜地说：“你就是‘雾漫小东江’发现者曹广文？！”又说：“我早就准备去了，一直没找到合适的机会，发现者今天亲自来邀请了，我一定会去的。”曹广文告诉他，资兴方面正在编一本《山水资兴》画册，最好能存一张孙老师拍的“雾漫小东江”的作品，这是我们求之不得的事。孙成毅很爽快地说：“如果去了，能拍到拿得出手的照片一定给你用！”

时隔不久，孙成毅与另外几位深圳摄影名家如约来到小东江。拍完其中一张照片时，孙成毅很高兴地跟曹广文说：“可以完成你的任务，就这一张，非常棒！”

周汉新，很多人都知道这是大名鼎鼎的深圳市人民医院院长。他也是一个摄影大家。夏日，周汉新相约与深圳国企掌门人、资深风光摄影师吴总以及陶瓷界大国工匠、世界珍稀鸟类摄影家詹先生一块来到资兴。抵达资兴时，已近黄昏。他们仍赶到景区黄昏的小东江。后来，周汉新回忆当时情景称：“此时夕阳西下，渐现晚霞，水面轻纱与彩云相映成趣，小船荡于碧波之上，好一个渔舟唱晚！”

第二天大早，周汉新与友人就到了小东江拍晨雾。当然，他获得了更多惊喜。在他眼里，小东江风情万种，而且秀外慧中，船在雾中走，人在画里游，恍若置身仙境。

还要再提一提“名角”黄大展。黄大展来过东江湖两次。第二次来资兴，他特意去拍小东江。那天的雾也一样好。他看到缥缥渺渺的小东江美景，当即跟陪同的曹广文说："百闻不如一见啊，小东江实在是人间仙境，太美了。"黄大展拍了很多照片。拍摄过程中，他还时不时用手机记写什么。曹广文有点好奇，拍照时还要计算拍摄参数？过了一会儿，谜底揭开了。黄大展大声招呼道：广文，我为你吟了一首诗。原来，黄大展竟然在拍摄现场做了一首诗。足以证明黄大展在这里以及跟广文相处，所受触动多大。

雾东江

——赠广文

雾，拴在了镜头上
心向远处蔓延开来
一朵渔网盛开在江面
网起了又一个梦想

青山染着心头的碧波
把宁静留在了视线的远方
云舒抖落出些许飞翔
云卷裹起了淡淡的惆怅

风来了
涟漪飘逸了青山
黛色铺盖着江面
漫川流淌的山岚

雾漫小东江©曹广文 摄

雾漫了
峡谷收起了所有的细节
轻轻托起的
只有宁静的微寒

微寒里荡出一叶渔舟
渔网撒开了神往
起网收获着满仓
一片深情的守望

守望
那是我心底的东江
……

读到这首诗，曹广文非常开心。当天晚上，他把这首诗转发给我。他跟我说道："这首诗不是写给我个人的，它是写给整个东江湖！"

看看，摄影人得要有境界、要有胸襟。而且，一个人的艺术价值，该是其个人修养及献身精神决定。两者，不可或缺。

一场雾，成了一位特殊的文化使者，就这么神奇，联结着你我，也联结世界与未来。

第九章

小东江景观 © 曹广文 摄

读书记
DU
SHU
JI
东江湖，一本水做的书。读东江湖，读的是每一滴水。

东江湖，一本水做的书。即便每一滴水透明无色，但它让这本厚重又丰富的大书变得五彩斑斓、景色万千。读东江湖，读的是每一滴水。水生万物，也生了万千故事。

此刻，我却想说一说在湖边读过的几本纸质书。它仿佛在告诉我，即便东江湖水清澈无比，但它并非单纯与浅薄。

一

东江湖畔，最适合读一读白薇。

我手上有一套《白薇文集》，四卷本，几乎囊括了白薇各个时期的代表作品。第一卷，小说。第二卷，小说（续）、散文、诗歌。第三卷，诗歌（续）、戏剧。第四卷，戏剧（续）、丛录（文论、通讯、信函、情书、日记）。

有一文友跟我说，她先读了情书这一部分。文集编录的情书第一则是一首诗，即白薇的《昨夜》。后来，《昨夜》也做了白薇与杨骚情书集的书名。

《昨夜》出版时，白薇与杨骚的爱情差不多画上了句号。

杨骚却为《昨夜》写了序。他很坦白说："我们的恋爱算是早完了，但现在还维持着比一般的挚友更深切的友情。这是我，同时也是她最引以为安慰的一点。我们以后，是打算根据这点特别亲切的友情，互相扶助走下去的，向有阳光的前途。”序文写于1933年8月2日，黎明前一刻。或许，他彻夜未眠，感慨万千。当时心境如何，唯有杨骚自知。

今天看来，当时将情书汇集出版这么一本书很特别。我听文友发问：“恋爱画上了休止符，怎么还要出这本书呢？”有读者则称，白薇与杨骚这种玩法，时尚！

那时候，杨骚正在上海治病，住在红十字会医院第23号病房。病房中，他也在检讨自己：“当然，两人的脾气性格有点不同，也是我们恋爱不满的一部分原因，但不是根本的缺陷。恋爱，我现在要大声喊，第一要健康的身体！第二要志同道合！”这句话放在当前，也很正确。中华文明五千年历史进程中，唯一没变化的就是爱的本质。守正创新，守的是本质，创的是方式。爱情与婚姻尤为如此。

在序文中，杨骚坦率承认：“在当初，两人都是柏拉图式的恋爱崇拜者，被‘结婚是恋爱的坟墓’这句狗屁不通的话害了不少；后来，是因我在南洋从灵的天堂上一堕堕到极无聊肮脏的地狱里去，拖着一副不知其恶毒的遗害的身体回来，总一句说，就是因为对于性的常性太缺乏，结果惨害了她的身体和可以继续下去的恋爱。”这段话给了我们无限的想象。分手的根本问题，就在“不知其恶毒”，而“惨害了她的身体”和“恋爱”，之所以如此，因其“堕到地狱”。你懂的。至于“结婚是恋爱的坟墓”一语，该是争论了五千年。但要承认，白薇的文字当然好，情书写得也堪称一绝。她表白：“亲爱的维弟，你来吧！我还延长我盼望的波澜，星期二和星期三下午在瞭候你。过此不来，你虽坐在我瞳孔上，于我也不起感觉，我想。”“我这里虽像修道院的趣味，一进墙篱，却有超然尘世之感，寒花秋木遍地，在颇绮丽的应接室的窗前是疏竹潇洒可爱。维弟，你来哟！但是随你。”“我不想给你一丝痛苦，更不忍心看你去破灭，弟弟，望你一生不要谈到破灭！我现在的生全是你赐的，我从内心承认我是你的。弟弟，你要我如何如何，我尽可以听你的！我们不能做至好的朋友吗？我实在想看你的时候，只需五分钟久，请容许我。”

维弟，即杨骚。白薇大杨骚六岁，典型的“姐弟恋”！白薇和杨骚于1923年在东京初识。第二年夏天，俩人建立恋爱关系。1925年，杨骚远渡南洋教书谋生，俩人暂别。时至1927年，才在上海重逢并同居，直到1933年情伤分手。算头凑尾，他们在一起共同走过了近10个年头。

十年间，她与杨骚之间几多缠绵，又几多哀怨；几多温热，又几分冰冷，当时都化为一部感天动地的情书集《昨夜》。俩人来往的情书多达179封。在《昨夜》这部情书集里，“生”与“死”、“爱”与“不爱”，成为他们谈论的主题，体现在他们往来的书信中。但这并不肤浅。因为两者的思想、感情和生活也尽显其中，充斥着灵与肉搏斗的刀光剑影。也许，面对东江湖水，这些情书具有更多的深邃性。

从文集和史料中可见，白薇遇见杨骚，才让她在文学创作上有了迅速的突破。杨骚因林和清的引见，结识了鲁迅。紧跟着，杨骚把白薇介绍给了鲁迅。白薇非常仰慕鲁迅，也有了一种“不可攀名人巨柱的怪癖”，她迟迟不敢与鲁迅见面，哪怕她多次去鲁迅家送稿，也是在鲁迅家门口，将稿子交给许广平便跑了。每次如此。后来，鲁迅见到白薇时，开玩笑道：“有人说你像仙女……”这也是白薇在鲁迅心目中的形象。

从此，鲁迅像父辈一样关心着白薇的生活和创作。在创造社及鲁迅的影响下，白薇走上了革命的文学道路。她成为“左联”和“左翼剧联”的早期成员。在这特殊时期，白薇有感于自己一样沉睡在爱情和家庭生活中女性的不幸命运，创作话剧剧本《打出幽灵塔》。出手不凡，这部作品成为她的代表作之一。

白薇显露创作才华后，更是受到鲁迅的赏识。

鲁迅拿到白薇新作《打出幽灵塔》读了一遍，毫不犹豫地将它刊登在自己主编的《奔流》创刊号（1928年6月）上。白薇得到这般极高的礼遇，让她一跃成为当时“文坛上的第一流人物”。据说，《打出幽灵塔》对曹禺成名作《雷雨》的诞生也产生了较大的影响。1922年，白薇已经携处女作《苏斐》扣开了文学的大门。当时正值五四运动落潮之际，故其创作中的女权思想较模糊，充满唯美主义色彩。

在东江湖民宿里，我又读了一遍《打出幽灵塔》。

这部古典浪漫写实的悲剧，早已被学界视为白薇转型之作。主角萧月林是一个女子，其身上聚集了旧中国两代妇女的不幸遭遇。或许，白薇有其一个目的，想让观众从一个女人身上，清醒看到中国女人当时的种种不幸。萧月林的母亲多情，却成了一个被纨绔子弟始乱终弃的对象，萧月林是其过程中一个产物。后来，萧月林成了霸道劣绅的养女与玩物。萧月林承载着当时中国妇女所需承受的一切重量，所以这个角色是非常沉重的。她在剧中是一个凝重的角色，面对当时的生存状态，女性清醒起来，开始对不幸进行反抗：20年前被胡荣生伤害过的萧森，已经有一个清晰认识：“横直男性中心的社会，女子任是怎样被污辱，社会不会恕她的。”随后，萧森参加了妇女联合会，从此献身于妇女的解放事业；胡荣生的小老婆郑少梅在认清女子只有革命、只有独立才有出路之后，也毅然摆脱了胡荣生的控制，参加革命军红十字会，担任医务看护。作为剧中主角，萧月林经过一个迷茫、软弱的煎熬过程，最后将愤怒的子弹射向了敌人。但在救萧森

东江湖畔的民宿（资料图）

时，萧月林中弹身亡。这并非一个简单的安排。白薇通过刻画这一情节，即通过悲剧性的死亡，深刻强调了家庭革命、社会革命的重要性和艰巨性。同时，白薇对于新生女性寄予的希冀与渴望，也因此情节得以表现。她创造这一特定角色，当然有其强烈的动机。大革命失败之后，阶级斗争的口号日益响亮。这时，已经认清妇女困境的白薇，不再囿于狭窄的女性解放中。她毅然并准确地将妇女解放与阶级斗争、社会革命联系起来。

白薇的作品，数戏剧成就最高。刚才所提及的三幕话剧《苏斐》，在日本赈灾演出时，白薇扮演主角，展现出了她的戏剧天赋。1926年，她在《小说月报》上发表了这部作品。1925年，白薇又创作了诗剧《琳丽》，引起轰动。

《琳丽》颇具特色，它大胆歌颂男女的情爱自由，被称为白薇的“恋爱论”。白薇称：“人性最深妙的美，好像只存在两性间。”在1926年4月号《现代评论》上，陈西滢说：“一天，有一个朋友送来一本她的诗歌《琳丽》，我们突然发现了文坛的一颗明星。”陈西滢特别欣赏《琳丽》一剧的艺术感染力：“它的结构也许太离奇，情节也许太复杂……可是这二百几十页藏着多大的力量！一个心的呼声，在恋爱的苦痛中的心的呼声，从第一页直喊到末一页，并不重复，并不疲乏，那是多么的力量！”同时，张若谷在其《中国现代女作家》中谈及白薇时称“是有希望的一人，伊的《琳丽》的贡献是中国诗剧界上的唯一创作。”足以证明，白薇在其文艺创作起步阶段，就已经有了一种创新精神，引爆巨大的能量。

她的革命性也愈发强烈。《革命神受难》，白薇创作的一部独幕剧。作品首先发表在《语丝》第4卷第12期，主编鲁迅。该剧影射了独夫民贼蒋介石，题材极度敏感，《语丝》因此受到国民党反动派的警告。

白薇的诗歌，也有其特色。这时，她的诗歌已经自成一体，体现出了一种“独领风骚”风格，而且大气磅礴，豪情奔放。即便一些情诗，也有她的个性，大胆而又热烈。在诗歌主体上，白薇是用其表达对时局与普通百姓的关注。《琴声泪影》《马德里》《祭郭松龄夫人》《春笋的歌》《捷克，你的悲剧》《湖湘农家苦》《桐家谣》《光荣的信念》等等，皆是她诗歌的优秀之作。

白薇在小说创作上，同样取得不俗成绩。她创作的《炸弹与征鸟》《爱网》和《悲剧生涯》，都带有很浓郁的自传色彩。从另一方面也证明，她对现实生活的感触是多么敏感，也多么深刻。

《炸弹与征鸟》于1929年首次出版。作品展现了大革命时期风云变幻的场景及社会内容的多个方面。小说的主人公余玥和余彬，是一母同胞两姐妹。她们出身于北京一个旧官僚家庭，分别以“征鸟”和“炸弹”自命，投入革命洪流。遗憾的是，小说《炸弹与征鸟》原本三部，但第二部的稿件，因《奔流》被查封而丢失，第三部又基本上是个半成品。香港科技大学终身教授刘剑梅曾称：“白薇的《炸弹与征鸟》充满了焦虑，体现了她对女人身体和政治之间复杂关系的困惑态度。”

她的中短篇小说《天地之死》《接江》《受难的女性》《跛脚名流》《伏流》《谈医生》等，笔触伸展到当时中国社会的各个领域，感染力很强。

白薇的作品，让我最敬佩、最动心的，是其充分表达了作者的爱国主义精神。多么高尚！“九一八”事变后，白薇率先创作了一批抗日作品，相继发表在《北斗》《现代》《当代文学》等刊物上。其中《北宁路某站》《敌同志》《夜深曲》三个救亡戏剧，全方位地展现社会动乱、民不聊生的凄然情景，鞭挞民族危亡关头叛国变节的汉奸败类，鼓舞民众积极参与革命。这个时期，她的作品颇有影响力。剧本也被工人蓝衫剧团争相演出，由此激励众多爱国军民。

白薇的作品，每一个文字，都是从爱的生命体验出发。她在面对现实生活的同时，自觉并努力地探究人性的奥秘，发掘人性的真善美。白薇曾说："我的生不能一天没有爱。""爱"这个字眼是其真善美的集中体现，它贯穿了白薇文艺作品的始终。同时，她的作品充分体现了女性意识的觉悟。鲁迅要求文艺作品要发挥"投枪"和"匕首"的作用，让这白薇受到巨大影响。

白薇的创作具有崇高的精神境界。《白薇文集》让我读出了一个完整甚至近乎完美的白薇。她是鲜活的、明亮的。时至今日，我却特别喜欢读她的散文。这是我的偏好吧。白薇的散文写得很细腻，如涓涓细流。《九思祭》表达了她对社会底层苦苦挣扎的、原本聪颖活泼的四妹九思（黄显）的深切同情和真挚感情。这篇散文长达7万余言，却不累赘、堆积重复。整个叙述感人肺腑、催人泪下。同时，《从北平来》《跳关记》《三等病房特写》以及《与台湾女子的谈话》等作品，也是一篇生动感人的成功佳作。

我最喜欢读白薇的散文《我的家乡》。在她的笔下，沉卧于东江湖的白薇家乡是一个多么美丽的地方。从1947年底回家乡，到1950年初到北京前，在艰苦的游击队环境下，她仍创作不辍，诗歌居多，约共三千余行。据史料记载，在1948年夏山洪泛滥时，长诗《江上壮观》于秀流村写作完成。它形象地描述了山区丰富的木材资源，江边农民抢险时同洪水搏斗的壮观场景，歌颂人与自然的顽强斗争。

参加游击队，搞实际斗争，本来也是白薇参加大革命以来的夙愿。新中国成立后，她在写给周扬的一封信里称："美梦于我，竟实现在湖南的大庾岭北麓，我是湖南南区游击支队的成员，从秘密组织活动起，到实际游击半年后，地下党还用明文，令我搞宣传文教。于是展开我梦寐以求的快乐生活。快乐和艰苦是两面合一的，苦里甜极的。我，战友和群众多得很，我乐滋地感到：这才是人生！“人生就是战斗，对腐朽、罪恶、横霸者宣战，力谋搞新生。那样的生活若搞长些，标准正确些，大公无私地坚持到底，那就是生命千罗，千罗中如鲜花，碧草活生生，这才算活着。”可见在斗争第一线，她觉得自己是充实的，快乐的，也值得的。这真是她人生中一次难以忘怀的洗礼。

新中国成立后，白薇仍没放弃创作。

而且，她在续写新的传奇。得知党和国家决定开发北大荒，急需人去做调查研究工作时，年奔花甲的白薇毫不犹豫，踊跃报名前往。在后来的这段日子里，她写下了《歌唱友谊农场》《盘锦花开十月天》《光荣奔到机车上》《农场秋夜》《田间姑娘》《夺宝阵》以及《击败细菌战犯》《青年，和平的卫士》等诗歌作品。

对于这些诗的评价，著名作家徐懋庸说：“一则有真实而丰富的生活作底子；二则结合着她自己的真实而热烈的思想和感情；三则有韵有律，听她咏诵起来很有味，所以我以为是好的。”这些诗歌很有时代感，生活气息也浓厚。

至于对她一生的文艺创作，白薇研究专家白舒荣曾这般说道：“她创作成果丰硕……其作品，尤其是戏剧，可谓阳春白雪，辞彩华丽，才气纵横，诗意昂然，语言多有奇警的描述和瑰丽的比喻。她的小说，坦率大胆，蔑视传统，受五四新文化影响较深。回国参加大革命后，受革命文艺思想影响，努力配合现实斗争，其创作从浪漫唯美，逐渐转向质朴自然，尤其抗战以来的戏剧或动辄数百行的叙事长诗，更是激情四射，赤心直呈，如莽莽荡荡奔腾的黄河，携泥带沙一泻千里，思想性很强，艺术表现稍逊。”

这是一个较为中肯的评论。

白薇，东江湖人家的骄傲。如今，资兴市区建有秀流公园，摆放着一尊白薇雕像。但坦率说，白薇几乎并没有得到她应有现代文学地位的真实认可。而在1984年3月，邓颖超约见朱子奇夫妇时曾提及白薇，说：“历史是不能割断的。应该尊重、关心白薇，要宣传她，让青年一代了解她，学习她。”是呵，白薇无论是人品，还是文德，都值得我们后人崇尚与学习。这也是《白薇文集》出版的初衷吧。

二

有两件事，抑或会让陈雄鹰一辈子感到无限荣耀。

2021年6月，中央电视台综合频道播出大型文献专题片《敢教日月换新天》。这部由中共中央宣传部、中央党史和文献研究院、国家发展和改革委员会、国家广播电视总局、中国社会科学院、中央广播电视总台、中央档案馆、中央军委政治工作部等单位联合摄制的专题片，一共有24集。它是一部庆祝建党一百年的献礼片。

在第14集中，陈雄鹰用一张张东江湖畔乡镇干部日常工作的老照片，讲述1998年至2006年乡镇干部从收农业税到发放补贴的故事，真实地再现了我国农村税费改革的一段重要历史。

这是一件事。另一件事，发生在之前的2019年。

7月8日晚上，陈雄鹰走进白薇公园，与当地几位文化人闲聊。突然，有一人要求添加他的微信，对方自称是中国青年报的郑萍萍。陈雄鹰很欢喜，猜到该是又要用他几张乡镇干部的照片加入某篇报道里去。2018年，《中国青年报》曾经拿出整整一个版面，专门跟他做《乡镇干部》摄影专题报道。所以一听说是《中国青年报》记者，陈雄鹰便倍感亲切。郑萍萍却是带给他另外一个消息，中国美院和山东画报出版社正在编一本画册，打算要采用他的一张照片。她把征稿信息发给陈雄鹰，又发来一张初选的照片。陈雄鹰当然很熟悉这张照片，它是2002年在东江镇财政所工作时的自拍作品。郑萍萍从《中国摄影》杂志上发表的《乡镇干部》摄影专题上翻拍了它。看完征稿启事后，陈雄鹰才知道相关部门要做一本仿照1959年举全国之力出版的国礼画册《中国》，作为中华人民共和国成立70周年的献礼。

这当然是一件值得庆贺的事，陈雄鹰激动起来。从此，他一直关注着画册进展情况。

8月23日，陈雄鹰看到中国摄影家协会和中国美术学院、山东画报出版社发布消息：大型史诗性画册《中国》在京发布。推荐词非常经典，即“在这里看见中国”。此后不断有其他媒体刊发新闻。这时，陈雄鹰却变得忐忑起来。如他所说，他很看重这个“荣誉感”，却不知道最终是一个怎样的结果。

9月初，郑萍萍发给了他三张《中国》画册的照片。他终于看到自己那一张自拍照片也位列其中。

“当时，我长长舒了一口气！”陈雄鹰这般美好地回忆。

国庆节这天，他终于收到了这部2019版的《中国》。《中国》一书做得很大气，它的模样与体积远远超过陈雄鹰的想象。封面是一个国徽和毛体的“中国”二字，印刷和排版也非常高端大气。

《中国》画册出版以后，社会各界给予了广泛关注。这部画册入选“中宣部2019年主题出版重点出版物”的同时，也进入当年中宣部、外交部为庆祝新中国成立70周年作为国家的外宣赠礼目录，通过中国各驻外使馆，赠送给各国政要及有关贵宾。

中央电视台《敢教日月换新天》专题片有关陈雄鹰的视频截图

陈雄鹰说："这是万分荣幸，所以高兴万分，但也太意外了。"他一直有个看法，这张自拍并不是"主旋律"作品。因为是他人生最低谷时的真实写照。《中国摄影》杂志刊登这张照片时，写过这么一段文字说明："上班5年了，我在工作、生活、学习、摄影追求上毫无起色，前途渺茫，一个人苦闷无助。一天中午，在宿舍给自己拍了一张照片，记录下此时此刻的心情。"说穿了，这张照片就是当时他一种真实的内心表达。沮丧？彷徨？迷茫……也许，《中国》画册将这张照片选入，已经有了更多更深刻的解读。

在这里，我要说的是陈雄鹰摄影作品集《乡镇干部》，它并非一本普通的摄影集。《乡镇干部》的内涵被封面左上角"一张照片，一段往事"这八个字诠释了。在这本书中，也看到了我的影子。那时

《中国》画册封面（资料图）

候，我很瘦弱。如今也差不多。

1998年至2017年，二十年间，陈雄鹰拍摄乡镇干部的工作、生活、学习等各种场景，同时记寻下了各个乡镇的人文地理、民俗风情，由此获得12000多张照片。可以说，这些照片成了中国乡镇这个最基层一级政府的重要历史资料，也是中国20年间乡镇发展变化的一个缩影。它便是陈雄鹰所拍照片的价值所在。真实，最彻底的艺术。烟火味，才是最有价值的回味。所以，《中国青年报》《中国摄影》杂志等报纸杂志才愿意拿出版面为他做专题报道。

甚至，《中国青年报》四次用整版给陈雄鹰这一名基层干部做专题。这恐怕是《中国青年报》破天荒的一件事。第一次是2018年4月25日，主题就是“乡镇干部”；第二次是2021年10月28日，主题即“东江移民记事”。这两个专版，除了大小不一的一组照片，还刊发记者写的文章。这两篇文章既为《乡镇干部》一册做了解读，也生动阐述了东江湖的变迁。

其实，从某个角度来说，陈雄鹰这本影集，是东江湖的体温，是东江湖的心跳，更是东江湖的人文谱系。他的镜头，一直聚焦于乡镇干部这个特殊并鲜活的群体，面对多姿多彩却也掺杂着酸甜苦辣的乡镇干部生活，面对农民朴实而又辛勤的生活和劳作。在这拍摄过程中，他不断坚定自己用镜头记录东江湖以及湖畔这片土地、这些面孔、这些故事、这段生活的想法。于是，他所有的照片，都是他日常所见的定格。那些自然而又本真的面孔在他的镜头里慢慢成长，也逐渐老去。是的，照片已经镌刻下了这些平凡人们的岁月痕迹。

能传世的照片，永远是与人有关。它一定充满烟火味，一定是鲜活的时代记录。人及其生活，才是最美的风景。

在这里，我想说另一句话：也缘于有这么一册像集，有这么一些故事，才让东江湖变得那么深邃及深刻。每一张照片，都是对东江湖的一种生动叙述。在照片的背后，藏着万多感受的故事。今天，我将这些照片摆在一块，它就是东江湖的昨天，却又让我们看到东江湖的明天……

三

继续阅读一本摄影作品集——《寿佛故里长寿人》，这部影集的拍摄者是曹广文。影集108幅长寿老人的照片，皆是拍于东江湖畔。

还是样书时，满运来便得到一本。他是一名人，做过高级编辑。他翻开这本样书时，感到很惊喜。后来从这组照片中，他竟然找到了东江湖长寿老人的符号。

寿佛故里为什么有那么多长寿老人？他提出了三个方面的看法：

第一是生态。资兴的生态环境良好。资兴市位于湖南省东南部，耒水上游，罗霄山脉的八面山南端与南岭北坡，湘、粤、赣三省交汇处，山区面积占八成。八面山海拔两千米左右，植被垂直分布，山上有万亩森林。资兴境内有东江和东江湖，水域宽广、水体浩大、水汽充足。资兴因水而媚，因山而秀。有诗赞曰，“曲曲弯弯的水，重重叠叠的山，无穷无尽的树，不冷不热的天”，“人在山上走，云在山下飘，千亩良田挂山腰”。近几年来，资兴市以人为本，进一步确立了建设“生态资兴、美丽资兴、幸福资兴”的目标，环境建设取得了新进展。人的生活离不开环境，在资兴天蓝地阔、空气清新的生态环境下生活，难怪这个有37万人口的边区山城，竟会有600多位90岁以上的老人。

第二是体态。资兴长寿老人的体态多年处于劳作中。108位老人，占八成多是农民。资兴农民常年在生态良好的环境里生活，在山间田野里劳作，虽然辛苦，可身体得到了锻炼，四肢活动则食欲旺、血脉通，且吃的是新鲜的五谷杂粮，肯定是有益健康的。元代先人胡祗遹曾总结过："农人安而寿者，体劳而食易消之故，而又无思少欲；贵人则反是，身闲而坚饱，苦思而多欲，所以多病而年不永。"今天看，胡祗遹说农人"无思"不妥当，但他讲的道理并非没有价值。

第三是心态。寿佛及寿佛故里的长寿人是善良、坦然、恬淡的。104位老人生活在青山秀水中，又受寿佛文化思想潜移默化影响和新中国成立后党与政府的多年教育，心地善良、精神恬淡，这与他们常年劳动形成了动静相宜之效——动以养行、静以养神，有益神行的协调与和谐，这是其长寿的又一原因。试举两例：一例是何家山乡百嘉村农民刘才通，勤俭一生，劳动一生，曾在七八年里囤粮万斤，为的是养老用。可2006年7月，资兴遇洪灾，他毅然捐出5000斤粮食和1000元钱给灾区，还亲自担着60多斤大米送给灾民。另一例是，木根桥镇老人李江豹，他曾是抗日战争和解放战争中的侦察英雄，1952年转业至资兴一家木材厂，从此过着一个普通人的平淡生活，渐渐被人淡忘。淡泊名利、简朴一生，成为他快乐人生的全部。如今，刘才通、李江豹两位老人均90余岁高龄，身体健康。我想，像他们这样具有美好心灵的人，当然性静情逸，必定活得自在、活得快乐、活得益寿延年。

后来，满运来欣然为这本影集写了一篇序文。他的这一感悟，也纳入了序文中。又是一篇非常出彩的文章。

这本影集作品，整整拍了一年时间。2010年4月至2011年4月。当时，资兴老龄办与拍摄者合作，成立了一个四人的拍摄小组。这是一次文化自觉的行动。

拍摄过程中，给参与者留下了许多难以忘却的记忆。有天上午，拍摄小组来到蓼市镇牌楼下廖家湾小组，拍摄对象是：刘洪珠老人。

抵达村里时，村组干部将刘洪珠从灶屋里叫出来时，她一脸笑容对着拍摄小组。得知拍摄者来意时，她说："我擦把脸再拍吧！"刘洪珠洗完脸后，拍摄者让她在厨房柴火灶的位置坐下。窗外一缕阳光刚好将她的白发照亮。拍摄者让她看着镜头时，她抿着嘴，布满近100年沧桑的脸微露浅笑，两眼闪烁出和蔼的光亮。人们被这位慈祥的母亲形象惊呆了。

拍摄者后来承认，在拍了十几个人后，那一刻才让他真正找到拍摄这些长者的感觉。他称，由此得到启发，跟长者拍照不仅是技术的问题，而是要找到与长者相遇的缘分中得到的某种触动。作为拍摄者，首先要走进这些老人的内心。每一位长寿老人漫长的一生，就是一条涓涓细流的长河，他们的经历、故事，甚至每个日子，都会妙不可言地写在他们的脸上，写在每一条沟壑纵横的深纹里。拍摄者的拍摄，其实就是摄取他们近百年长河中的一个切片。这一个切片，即便是一个瞬间所得，却可能是老人一辈子的凝聚。拍摄组前往团结村李金球老人家拍摄时便是如此。

头一天，村里通知了李金球，说有人要来为她拍摄。老人那天早早拄着拐杖站在家门口。拍摄者下车时，发现老人站立的姿势非常健朗，便当即跟这位老人拍下了第一张照片。进门后，人们发现她家门边的磨盘上堆着准备磨米粉的米，便问老人家："您还自己推米粉吗？"老人笑道："好久没吃糍粑了，磨成粉后，下午做糍粑。"拍摄者灵机一动，让她站在磨盘前，推磨米粉。反光板打向她时，笑对生活近一百年的脸显得格外慈祥与平和。老人看了样片，感到很满

壽佛故里長寿人

九十二歲书長沙芳材

寿佛故里的长寿人◎曹广文 摄

意。拍完后，她请拍摄组吃点心，点心是老人早早准备好的。拍摄组成员一一推辞，她嘴里嘟囔说：“这怎么是好啊，你们都是毛主席派来的好干部，免费为我们拍照片，水都不喝我们一口，真是过意不去。”

摄影组离开时，她拄着拐杖又一次伫立在门口。她一直望着摄影组远去的背影，还招招手。摄影组成员不时转身，也摆摆手。回到车上，他们会心一笑。毛主席去世几十年，但经历过那个激情燃烧的岁月的老人心里，始终装着中国人民的大救星。

满运来文中提及的李江豹，在拍摄前讲述了他的战斗故事。

他说：“我是1944年参加资兴抗日游击队，后来又参加湘南游击队。郴州军分区资兴县大队成立时，我担任了大队三连侦察班长。”

很快，他带领侦察班深入高山密林，执行剿匪任务。这天，在资兴与桂东两地交界区执行侦察任务时，李江豹突然发现一人鬼鬼祟祟躲在树下。他来不及通知战友，就孤身一人前往察看，并且大喝一声：“站住！什么人？”这人一愣，撒腿就跑。李江豹奋起直追，一把扑过去抱住这人。滚打时，李江豹受了伤。他急中生智，掏出手枪击中那人腿部，才将其制服。后经验明，此人正是潜逃山区的国民党资兴县党部书记刘泰辅。

李江豹带领侦察班，又相继击毙了资兴伪县长何樵夫，以及邻县汝城窜入资兴外号为“一丈八”的女匪首。他功劳卓著，军分区授予他“侦察英雄”光荣称号。中国人民解放军第十二兵团湖南省军区政治部为他记大功一次。后来，文工团将他的英雄事迹编成舞台剧《侦察英雄李江豹》，受到广大指战员和群众的热捧。

1952年李江豹转业至资兴县境内的原湖南省东江木材厂工作。从此，他过着一个普通人平凡平淡的生活，一个叱咤风云的侦察英雄，渐渐被世人淡忘，简朴淡定的生活成了李江豹老人近大半个世纪健康快乐人生的全部。

这一天，李江豹在镜头前说了一句话："我的那些战友也能拍照片该多好啊。"接着，他抬头望向天空，嘴巴哆嗦了几下。

在拍摄的100多位长寿老人中，还有一位也是令人敬重的特殊人物——"感动中国2006年度十大人物"候选人刘才通老人。

2006年7月15日，资兴东部乡镇遭受百年不遇的特大洪灾。刘才通老人所在的何家山乡也是重灾区之一。洪灾过后的第三天，刘才通老人挑着60多斤大米送到灾区。接着，他找到乡政府干部，请求派人到他家里挑走5000斤稻谷捐给灾民。同时，他从个人养老积蓄中拿出1000元捐给灾民。

摄影组了解发现，刘才通就是何家山乡百嘉村一名普通农民，虽年过90，仍然自己种着责任田，自己上山打柴，还能挑起100多斤的担子走几十里山路。两个女儿出嫁后，他一个人独居祖屋几十年，家里不用电，不点灯，抽自己种的旱烟，平日里只吃旧粮。当年收的新粮，都被他放在木板楼上囤积起来。他说："哪天种不动田了，我也有存粮吃。"但当地在遭遇百年一遇大灾时，老人毅然将所有粮食捐赠出来。刘才通发自内心的大爱之举，让他最终获得了2009年度湖南省人民政府颁发的100个"湖南慈善奖"获得者之一。刘才通是全省获此殊荣的人中年龄最大的对象，也是唯一的农民。刘才通弄不明白这奖到底意味着什么，但他很珍惜那份证书，不轻易示人。

拍摄持续了整整一年时间。他们后来都说，每一位老人都有近一个世纪的故事，他们都是一部厚重而丰富的生活阅历之书。他们善良、恬淡；他们简单、快乐；他们用自己近一个世纪的践行，生动诠释了"仁者寿、寿者静、静故万物生焉"的至高境界！

在这里，如果还要再为东江湖说上一句话，我一定是说：东江湖，是一个让人长寿的地方。

四

我手上有一本《千年观澜》。初春，我与何林雄、李孔辉等友人一块去柏树村探访观澜书院。我们在书院一侧与曹辉的母亲相遇，老人家请我们进屋喝茶。与老人家告别时，她将这本《千年观澜》送给了我。

《千年观澜》的作者便是曹辉。曹辉，一位满脸憨厚的柏树村人。他曾与我共事多年，也是文友。我主编《武水文丛》丛书时，有其一本，书名为《特别的爱给特别的你》，收入了他的诗歌和散文。我把这本《千年观澜》读完时，便觉得《特别的爱给特别的你》有点“小资”味，而《千年观澜》格外厚重，更直观展示了曹辉的文化情怀。后来，他跑到陕西去工作了。

也许有预感吧。因为之前他还在散文中写道：“在游子缺席的盛筵上，每一双筷子都是木讷的，每一缕炊烟都是惆怅的，每一只酒杯都是失重的。”那时候，他就体会到了老家母亲的无奈，“母亲斜靠在黄昏村口的一棵老槐树下，望断天涯……”

预感，有时候是一种无奈，但人生就是在惆怅中完成的。还好，他经常回到老家。回到村里，他常常要做的一件事，就是组织推动观澜书院修缮工作。同时，他也完成了《千年观澜》这本书的编著。

在他眼里，观澜书院不是一幢房子，也不仅仅是几块匾额或者几副楹联。即便那些寻得的古石碑也回到了观澜书院，但它仍不是这座书院所有一切。观澜书院是东江湖畔的一个文化符号。

曹辉曾跟我介绍，写一本关于观澜书院的念头由来已久。中国文化的根基在乡村，在民间。乡村有形的古代建筑承载着几千年的传统文化，属于历史瑰宝，观澜书院便是一个例证。在这座书院，我读了谢革非所填的《西江月》，曰：“名号观澜庠序，通经学古书楼。钟灵毓秀几春秋。文气交辉牛斗。学贵溯源知本，诗书礼乐常修。功名岂在觅封侯。德业光前裕后。”曹辉也说，这首词同样让他触动很多。是呵，传统文化才是这座书院的灵魂。他动笔编著这本书，耗时多年。《千年观澜》不是一本简单的汇编，它成功地对观澜书院做了一次文化解剖，也给了观澜书院未来昭示。不忘初心，赓续未来。曹辉在书中花了不少心思。

这是一部揭秘之书。

观澜书院创建于宋代，延续至今，长盛不衰，即便在千劫百难中也能弦歌不辍，破茧重生，生动揭示了中国传统文化在最基层的民间也有旺盛的生命力。书中史料翔实，足以让人相信，观澜书院是湖南目前已发现的现存最早的家族书院。从《千年观澜》一书中，可以让人看到这地方祖祖辈辈秉持一个思想：敦亲睦族。我印象中，很多书院将光大门第作为第一宗旨，但观澜书院更注重乡村人文环境的营造。祖上留传下来的“醽醁曹氏家训十则”，当中明确励忠节、敦孝行、笃宗支、守祭田、重谱牒、勤耕读、饬廉耻、尚节俭、戒争讼、警盗贼这般系列原则，便知道这座家族书院的文化内涵与本质。它为一个家族提供了丰富的精神力量和智慧资源。

这是一部崇学之书。

观澜书院的教育思想和精神内核闪耀着夺目的光辉，至今仍然具有一定的借鉴意义。书院一直提倡“不为科举文字之学”（见元代郴州路教授左元龙《重修观澜书院之记》）。以此净化教育目的，修身明理，淡泊名利，虚极静笃，海纳百川。主张行行合一，“致知而力行之”（见南宋曹元凤《重修观澜书院纪实》）。同时，书院强调，“自修身齐家，以至于治国平天下，乃学者分内事耳。”办学宗旨，即是“厚人伦、明教化而美风俗也。”（见南宋曹元凤《重修观澜书院纪实》）书院一直倡导崇尚培养精神气节。有专家称，“文化传承本就连续不绝，各个时期侧重点有所不同，但主旨未变。观澜书院可贵之处，一是弥久，二是守恒。它是农耕文化中耕田、读书明礼的优秀代表，是文化传承的优秀载体。”这里的主人“给人的感觉是本分、明理、上进……”读了这本书给我最深刻的感受，是观澜书院以碑刻的方式宣告：不为科举文学之学。这便是我们寻觅的“观澜风骨”吧。

突然想到宋人刘过的一首诗。他念道：“力学如力耕，勤惰尔自知；但使书种多，会有岁稔时。”应景之作，但也让人悟出道理。即便读书，也是如农夫种地一样，“一分耕耘，一分收获”。

这是一部养心之书。

也许，曹辉最用心的地方也在于此。友人说过，打开《千年观澜》一书，让人觉得精神很舒畅。因为书中让人看到一番悦心景象：这里有了“昼出耘田夜绩麻”的勤恳，有了“田夫荷锄至，相见语依依”的闲逸，也有了“梅子金黄杏子肥，麦花雪白菜花稀”的风光，更有了“五月虽热麦风清，檐头索索缲车鸣”的感觉。从书中文字可以看出，以前的资兴、如今的东江湖畔，即是一个居家生活的好地方。

读完《千年观澜》，我有了以上三个感受。同时，我从书中再次明白了一个道理，千年农耕文明的赓续，其实是耕与读相互促进的结果。而观澜书院弘扬“耕读传家”的理念，始终如一，也造就了曹氏世代及这一地方的良好风俗和教养。

这座书院仍存于世间，似偶然，其实必然。曹辉的专著，已经给了答案。我放下这本书时，打了一个电话给曹辉，我说：“谢谢你母亲送我这一本好书！”这时，他母亲的身影又出现在我眼前，一位和善可亲、精神矍铄的老人。她那张脸，便是《千年观澜》的封面；她的内心，便是此书叙述的内容……

五

我特别喜欢《渡头档案》这套书。记得费孝通说过：“从基层上

《渡头档案》

《渡头档案》资料图

看去，中国社会是乡土性的。”

很多年前，我读过费孝通的《乡土中国》。尤其喜欢其中《乡土本色》《文字下乡》《长老统治》《血缘和地缘》《家族》等篇目。在这本书中，让我看到了一个凝固的乡土社会。我也读明白了，它绝不是一本描述乡土风貌、讲述邻里见闻的小品散文集，而是一部极具洞见的社会学神作。

我之所以喜欢《渡头档案》，就是因为看到渡头这一特定的地方具有的“乡土气息”。它充分运用文字、语言、记忆的魅力，以及它蕴含的地域文化内涵，记录了已经在眼前失去，却死死潜卧在意识之中的家乡——渡头社会点滴。

《渡头档案》共110万字，可见厚重与丰富。全书分为三卷，即《历史篇——渡头春秋》《文化篇——渡头风情》《人物篇——渡头儿女》。

第一卷《渡头春秋》，这是历史的渡头。辛弃疾有云：上古八千岁，才是一春秋。八千岁，并不是真正指8000年，而是指一个往复的阶段，一个漫长的历程。这卷书反映了渡头的源起和至今，它指向的，亦是渡头的传承与发展。《渡头春秋》第一篇章汇集历史资料，深度追踪采写，意在还原渡头山川形貌，梳理渡头发展脉络，追踪渡头发展历史。有史事纵览、历史沿革；有岁月概观、山川胜景；有民间记忆、史海钩沉。

特别是对当时一些历史、人文和自然景观的描述，让我怦然心动。那时候的渡头，就是一座世外桃源。哪怕一些地名，也颇有情趣，如“梭头眼”“扁担石”“金箭滩”“人和墟”，而且地名来历都有几分传奇。怎么叫“金箭滩”呢？《大明一统志》：“岩上有汉李广所着金箭。每当风雨晦暝，舟行见之，或作声如野猿。”当然，在这卷书中，“移民搬迁”部分也是其重点内容，渡口的“前世今生”皆是动人。而在“民间记忆”中，其实就是在追根溯源，起到“不忘来路”的作用。特别读了《渡头红军故事》一文，让我非常感动，深感如今的每一个日子，都来之不易。

第二卷是《渡头风情》，这是文化的渡头。俗语言：一方山水一方风情。这卷《渡头风情》集乡关、乡艺、乡音、乡俗于一体，熔乡韵、乡谣、乡味、乡愁、乡恋于一炉。广搜博采，精描细品。赏家乡文才的诗文，读兜率灵岩的传奇，说七里八村之故事，感家长里短之柔情，品年节时令之美味，知人情交往之礼行。于翻阅沉吟间，能概知渡头文化，领略渡头风情，这给人一种享受，带给未来一种留恋。

砍柴也是一种“乡艺”。如《闲话砍柴》中称，“俗话说，开门七件事，柴米油盐酱醋茶。‘柴’摆在第一位，其中蕴含着浑厚的文化内涵”。也正是如此，宋人肖德藻吟道：“一担干柴古渡头，盘缠一日颇伏游。归来涧底磨刀斧，又作全家明日谋。”此诗以艺术意境概括了樵夫的艰苦生活和乐观精神，确是有一种生动画面。《瑛玗的枣子》确是一种乡味浓浓的果子。瑛玗出嫁的姑娘，一定有一篮子红枣随嫁，因枣子有“早生贵子”的寓意。《儿时的那些年味》令人难忘。比如过年要炸油豆腐或高丽鱼肉的时候，便不顾烫手烫嘴，迫不及待地抓一块往嘴里送，有时候太烫，烫着了舌头，会耸着肩膀大口呼气……

《渡头儿女》作为《渡头档案》第三卷，描写了一个人物的渡头。这卷书在鲜活地证明了渡头自古便是钟灵毓秀，山乡人才辈出。编撰者从史志上搜罗，到现实中走访，树现代英才形象，展当代新人风采，娓娓道来，非常生动。

在《高寒山区大寨花》一文中，作者让当时那场运动重现眼前，也描绘了许多让人感动的场景。文中一些对话格外有“时代味”和“地方味”。

虽然一个特定时代一去不复返。但特定时代也能让人留下最深刻的记忆。读到这段描写，我蓦然明白，资兴百姓有一种向上的精神禀赋。努力完美、积极追求是他们最宝贵的精神所具有的内在风骨。所以，很多人感叹：“东江湖来之不易！”同时又在感叹：“资兴百姓不讲价钱，说移民就移民，真是不易。”“真是不易”便是“来之不易”一种不可或缺的前提。

人物篇中，每一个人物有血有肉，非常生动。解元李邦宪，病故前跟孩子嘱道：“我一生坚持礼数，我死也要遵礼而行；千万不要过于厚葬，不要做佛事道场，以免连累我的声名。”他是做过杭州知府李端的儿子，足见家风对其的影响。举人李廷柬被称为“胸藏万卷，笔下千言”的大才子，其实也是一个孝子，在家侍奉母亲，得其老人欢心。

我以前知道渡头，是缘于白薇。当翻完这部“档案”，我不得不承认，这一地方的文化底蕴非常丰富。尤其是渡头的文化标志还很多，皆能耀眼。在“乡韵”与“古代方贤”篇章，我看到了渡头古文人那种“八斗之才”的风采。知府李端告老还乡后，却不失闲情逸致，游山看水，吟诗作赋，写下《云盖仙林》《玉泉水月》《醽泉书院》《东江渡》等诗文。他曾吟道：“瑶岭烟霞绚绮罗，玉泉水底见嫦娥。曈昽日照文峰绕，缭绕云横宝盖多。兜率渔郎歌浪白，风云樵子唱林阿。清江漫曳青罗带，泸渡归舟雨一蓑。”这一诗即将家乡八景揽入其中，而且每一句皆是“画龙之睛”之效。当然，从这首诗中也看到这李端的家乡情怀。在他眼中，渡头一切皆美好，皆是一种向往。解元则留下《五行》《白补》《奚囊》《杂咏》《服议》等文集。他一直倡导“读书贵在体认而反对强记，做事贵在持之以恒而力戒急于求成；面对事情要持审慎的态度，生活居处则应该安守本分”等思想。举人李廷柬在村中办学，用自己的号名其书屋——作山书屋。作山一号，来由不凡。我记得朱熹在其《武夷精舍杂咏·精舍》中念道：“琴书四十年，几作山中客。一日茅栋成，居然我泉石。”据说，宋淳熙十年（1183），武夷精舍建成，朱熹欣慰，“择胜地，立精舍，以为群居讲习之所”。或是李廷柬受之触动，才动了盖一所书院的念头。如此，作山书屋也是当地历史最悠久的书院之一。道光版《兴宁县志·拾遗》中载有他训示学生的一篇序，他以农民种地产谷做饭为喻，深入浅出地阐述了办学之理。他说：“未至谷而止，去谷远矣；去谷而止，去饭远。”这道理既通俗，又深刻。

这部书卷帙浩繁，内容丰富，是一部反映地方山水人文历史风物的典范之作。它融史料性、知识性、艺术性和可读性于一体，文化研究价值极高。特别是这套书比较系统、比较完整地留存下部分传统文化的内核基因。乡村传统文化是华夏文明的赓续，也是华夏文明赖以生存几千年的根源所在，它意味着记忆中的许多传统文化内核基因的乡村，正成为我们唯一的寻根地，以及重构当下乡村文化价值的再生地。有志者将渡头寻根地与再生地“制”成这部大书，让渡头传统文化借助这部书永恒地保存下来，令人敬佩，也让人宽慰。从某种意义上说，这套书也是“乡土中国”的一个重要组成部分。

当然，这部书也让我们看到生活在东江湖畔的人们是多么富有文化情怀。

与李映山一块担任《渡头档案》的主编张泉森，他在长沙工作，“渡头情怀”却一直很强烈。好几位被我采访过的老渡头人说，这套书之所以如愿诞生，张泉森做了巨大努力。在编书期间，张泉森利用周末双休时间，21次往返于长沙与资兴之间，成为编写组与出版社交流的桥梁。甚至，书稿定稿即将付印之际，张泉森又多次与人探讨成书纸张挑选、封面工艺设计等具体细节。聊及这套书时，张泉森闭口不谈自己所做贡献，却给了我一组数字：这套书耗时三年多，其间有500多位老渡头人参与，有的撰稿，有的提供线索，有的提供便利，而且这套书是采取“众筹”方式出版，既有人凑钱100元，也有人支持10万元。

张泉森说，这部书是“集体智慧的结晶”。他称，在开始的一段时间里，编撰者就像一个修修补补的泥瓦匠，字斟句酌、梳理条理、整理图片，这些具体工作占据了大部分时间。从最初的陌生，到编辑过程中透过书稿上一个个看似没有生命的文字符号，去体味当中的烟火故事，接近当中的人物，慢慢感受其间透出的情感。当他们最后拿到厚厚的、沉甸甸的样书时，仿佛看到了一个渐渐清晰的昔日渡头画面，在眼前徐徐展开，优美的景色，生动的人与事……一一跃入眼帘，撞击着自己的心灵。乍看陌生，细品却又带着些许熟悉的气息。

第十章

空中漫步◎曹广文　摄

打卡记
DA
KA
JI
全世界的目光，
东江湖的风光。

全世界的目光，东江湖的风光。

东江湖被赋予了一股不可描述的魅力，成了天下游人的打卡胜地。

看似一湖水，它予人的触动却是万千丰富。

王开林参加东江湖旅游笔会时，看到碧水漾动，便想起唐人诗句“遥望齐州九点烟，一泓海水杯中泻”。他说过，自己步行时可接近大自然，所以他通常在路上就会构思好一篇文章，回家即可动笔。走到路上也能“捡到”奇思妙想，这该叫“行走式创作”吧。此时眼前，他看到了东江湖最美的风景。远处有几座若隐若现的小山，湖面上又见鸥鸟翔集，那些熠熠生辉的羽翅在晴空中翻飞起落，正如轻烟一般。

这时候，王开林有了一个念头：酌一杯东江湖之水，权当白乐天红泥小火炉中煮过的绿醅。能饮一杯无？抑或看东江湖，得带着三分清醒七分醉意，会更有一番意境。在他眼中，这一汪湖水充满灵性和生命力。他很有感触地说道：“柔滑如绸缎的肌肤上没有一点瑕疵，令我辈如对姣姣处子，丝毫不敢动亵玩之念。”

作为一位德高望重、著作等身的文人，此刻谦逊多多。他称，可惜我辈书生虽也能酾酒临江，却不能横槊赋诗，纵然豪兴起时，提毫展纸，也尽是些隔靴搔痒的词句。

这时，王开林独立船头，任凉风撩乱额发，颇有惬意。他只觉得那高远的蓝天已完全融化在这水中；柔若无骨的白云如一朵朵莲花满江舒放，仿佛伸手便可采撷，却又可望不可即。四周的山并不高，山影被碧绿的水光一溜，就显得十分浅淡了，犹如一群不英俊的男儿簇拥着一绝美的女子，立刻就显出了自己的平庸。他觉得，没有断壁残崖，没有万仞石峰，怎配得上东江之水？

姜贻斌或许也在寻找这个答案。他再走东江湖，终于不虚此行。他这次有了一个新发现，所以惊呼：“哦，我今天终于见到她罕见的秀发。不是有人说过吗，女人之美，全靠了那一披瀑布般的秀发。我以为此言极是。我从未见过有女人像她如此精心地梳理自己的秀发，可见她自是深谙个中道理。”那一刻，他被东江湖畔一处瀑布吸引了！烟竹山瀑布？猴古山瀑布？龙景十八瀑？他是一个性情中人。所以他坦言：“不觉突然有了一种冲动，忍不住极想伸手轻轻抚摸那其中的一丝。”

我读过他很多书，包括《火鲤鱼》《左邻右舍》《酒歌》。他个性张扬，省城里熟友称他是“文学闹药”。他平时喜酒，我也与姜贻斌喝过无数次酒，结果每次都忘了跟他要一个当时到底被哪处瀑布勾了眼的答案。

等下次吧。

李元洛，这位大名鼎鼎的评论家也来到了东江湖。在湖中游轮上，他口诵一联：“揖石轩轩窗揖千山翠碧，兜率寺寺门兜万顷汪洋。”刚才，与他随行的王开林跟他开玩笑：“李老师，你的散文曾经写过两个水库，许多妙语在那里挥霍了，没有节约一点到这里来吗？”李元洛当即说道：“一而再再而三，也许难以为继，但我已就眼前景物拟了一副联语，倒要请教请教。”于是，这一联从他嘴里出来了。

王开林琢磨片刻，说：“不揣冒昧，我建议改三字如何？”李元洛虚怀若谷地说：“愿闻其详。”王开林改动三字之后，便成了“揖石轩轩窗揖千环翠碧，兜率寺寺门兜一捧汪洋”。李元洛拍手，连声称妙。这一事传为美谈。

在李元洛眼里，东江湖两岸青山也是湖水共始终的一幅长卷与横披，松杉翠碧，山花燃烧着正旺的春光，它们把蓬蓬勃勃的生命写满一个个山头。既可让他在舟中游览，也可以弃舟登岸去一一展卷阅读。当然是一幅好景，李元洛心中也就多了好几分感受。

这时，谭谈坐上了游艇。他是一位真正的大儒，有幸与他一块参加几次活动，不仅深受启发，还留给我一种很朴实、很厚道的印象。还是1981年，我就读过他的《山道弯弯》。那一刻，我才知道小说也可以写得这般有意境。

《山道弯弯》拍电影时，来郴州取过景。

那天，谭谈来到东江湖湖心岛，看见刀削般的一面石崖上，“悬挂”着一座寺庙。他这么一比拟，让很多人皆是觉得“悬挂”这两字用得极为奇妙。谭谈下游艇后，即游了湖心岛上的兜率岩。他很惊讶，这庙中一洞通幽，洞中有洞，洞中有水，洞中有天，共有十八洞，洞洞有奇景，洞洞有异事。他感叹，这碧水浮绿岛，绿岛是绝壁，绝壁挂奇庙，奇庙藏洞天，洞天有万千，真是绝了！它称奇于世，却又是那般地朴实无华，静悄悄立在这个不显眼之处，不张扬，不喧哗，所以意境无穷。

谭谈乘坐游艇离开湖心岛时，一丛丛浪花，飞溅在船头，在阳光的映照下，如一串串美丽的珍珠。这没有引来他的目光。此刻，他的目光，落在远处，落在那一峰峰沉默的山上，那一弯弯沉默的水上，心中似乎在默默吟着：沉默，是人难得的美德……

谭仲池游罢东江湖，感慨说：“我在这将别离的时刻，想为东江湖祈祷。东江湖，愿你的青春和雍容与天地不老！”

后来，他随《十月》杂志组织的全国知名作家团来东江湖采风。

清晨，他被雾漫小东江一景吸引了。这种既朦胧、悠淡，又细微透明的水雾如薄薄的轻纱，在水面上散开，渐次向空中升腾，慢慢地变成了乳色的雾团氤氲在峡谷的长廊上。两岸耸立的翡翠屏障和依稀可数的民居建筑都一隐一现，像梦一般在阳光映射下闪耀。他当即觉得，这是一种无法用文字表达的空蒙、飘逸和缠绵、幽深。他醉了。同时，他觉得自己的神经兴奋点还没有被东江湖神秘、神奇、神圣煮沸到极致的时刻，东江湖就已经完全赤裸得冰清玉洁，清澄地出现在他的眼前。他承认，一切皆是神的造化呵。这纯粹如天蓝色的湖水，荡漾着岸上的树木，映照着天空的云霞飞鸟，款待着湖面上的游艇和渔舟，簇拥着湖中的绿岛和丛林，鲜活地勾画着湖的轮廓与娇姿。在他看来，东江湖天赋独有的温柔与自尊，深蕴着的神奇与圣洁，就全在湖水的荡漾与流泻中抒发得淋漓尽致，美妙绝伦。

这里，我想再提及一人。1998年8月24日，曾担任湖南省委书记的熊清泉来到东江湖。他乘“东江之旅”游轮来到金牛岛，之后兴致勃勃玩了一把东江漂流。为此，他写了一篇散文《东江漂流记》。文中，熊清泉描述：“遇到第一个险滩，只见皮艇突然一个猛子向下扎去，汹涌的浪头直向坐在最前面的船夫扑来，随着游客的一阵惊叫声，艇头忽地一下又马上翘起老高。”这一场景，真是给老书记留下了深刻的印象。

东江漂流，14公里路，108个滩，平均100米就有一个，所以险象

东江漂流◎曹广文 摄

环生，十分刺激。据当地的陪同人员介绍，夹子口、壶口滩、斋公滩这些滩头都赢得了熊清泉阵阵点赞。熊清泉情不自禁道，这真是名副其实的“中国生态旅游第一漂”。他还夸赞整个东江湖生态环境都保护得特别好。

返抵金牛岛休息时，他觉得黄草镇现在的变化太大了。之前，他来过黄草镇调查工作，非常关心这里的旅游发展。在休息室，他听了有关金牛岛来历的介绍，触动极多，便很高兴地拿起毛笔题词一则：“漂流带来黄草青，老牛点头变黄金。”接着，他认认真真写了几行小字：“传说古有老牛欲过河食草，船夫渡之。老牛遗粪一堆，点头三下以谢。船夫不知牛粪实为黄金，扫入水中，金光映照，草色变黄，此地遂名黄草。近几年来，黄草镇开发漂流旅游，水绿山青，生机勃勃，不胜欣慰，题此志文。”读到这段文字，我觉得熊清泉真是一个大才子。

张富遐也在湖边写了几段文字，来看看其中一段。

东江湖

如一位山水交融的少女

以160平方公里的浩渺烟波

81.2亿立方米的晶莹剔透

东江湖©曹广文　摄

向世人展开博大胸怀
如果有缘东江湖的山水
会为你披一身轻纱薄雾
让你尘世的心妙曼一生

记得，张富遐跟我说过，这是一座诗意之湖。这位成长于东江湖边的女诗人，她非常感激这一汪湖水。所以，她也特别推崇著名自然文学家梭罗对湖一段出神入化的描写：“它是大地的眼睛，望着它的人可以测出它自己天性的深浅。湖所产生的湖边的树木，是睫毛一样的镶边，而四周森林蓊郁的群山和山崖是它浓密突出的眉毛。”东江湖，即这般模样。

这都是一些文人墨客眼中的东江湖。但东江湖属于每一个人。所以才说，“全世界的目光，东江湖的风光”。

万顷碧波照大千，一片秀色东江湖！

很多游人都说，东江湖的风韵，只有近距离跟她接触，才能深深地体会。云起云落，花败花开，微风拂过脸庞，薄雾袅袅升起。一个人身处其中，细心感受，即会发现自己爱上东江湖的理由越来越多。

一位王氏友人细说自己爱上东江湖的理由：

因为东江湖是湖南省唯一一个同时拥有国家级风景名胜区、国家5A级旅游景区、国家生态旅游示范区、国家森林公园、国家湿地公园、国家水利风景区“六位一体”的旅游区……

因为东江湖烟波浩渺、水天相接、青山绿水、风光旖旎，蓄水量达81.2亿立方米，被称为“湘南洞庭”。

因为雨中的雾漫小东江，就像一幅令人心醉的水墨画。

因为黄草镇的古建筑极具特色，白墙黛瓦，飞檐翘角，梦一回水乡悠悠。

因为乘着豪华游艇穿行在东江湖上，吹着凉风，欣赏着美景，体验“舟行碧波上，人在画中游”的诗情画意。

因为东江湖瀑布成群，无论是116米高的烟竹山瀑布，还是39米高的猴古山瀑布，或者龙景十八瀑，每一个瀑布都有属于她可娓娓道来的故事。

因为东江湖一湖好水养出了一湖好鱼，虹鳟三文鱼、鲟龙鱼、鳜鱼、翘嘴鱼、三角鲂、罗非鱼、银鱼、鲈鱼等水产品畅销国内外。东江大坝上还有烤鱼，烤鱼香味连神仙闻得也会悄然下凡来。

因为东江湖蜜橘入口即化，甜过初恋，“一年好景君须记，最是橙黄橘绿时”。

因为在东江湖民宿可以静享岁月的流逝，感受家的温馨。如果一个人寄宿这里，说不定还有一生难以忘却的偶遇。

因为东江湖24万亩碧波，簇拥着星罗棋布、姿态迥异的大小岛屿。

因为寿佛寺背倚周源山，前临小东江，群山环抱，翠竹相拥，山水相贯，风景殊异，是朝觐的圣地。

因为东江湖周边旅游资源丰富，回龙山、流华湾、仰天湖等等，皆让人流连忘返。

因为兜率灵岩钟乳凝结倒悬，柱石擎天；晶莹透明，奇形怪状；身临其境，犹入太虚幻境。联合国溶洞协会专家考察后誉之为“地下大自然的迷宫”“天下第一洞”。文人骚客们更是赞之为“天下洞相似，此洞独不同”。

这些理由简单明了。后来，我问王氏友人，爱上东江湖，还需要理由吗？王氏友人愣了一下。蓦然一笑之后，他认可了我的说法。

而且，游一趟东江湖，每个人似乎都会有不同的感受。

当然，所带走的印象也千姿百态，令人回味无穷。

王巨才最心动的湖景，便是远处的小船挽揽停泊，烛光摇曳。万籁俱寂，四处无声，只有那缱绻缠绵的片片云羽，如飞天仙子，临流照影，迟迟不肯离去。在他眼中，这情调宛如“枫桥夜泊”的悠远，“寒江独钓”的空泛。

冬季去黄草，去与久违的心灵的静谧和自如的山水精灵作一番仁与智的絮谈，美境如画，柔情如诗，其意绵绵，其义也绵绵。这是陈岳的向往。也许秋日的黄草给了他太多美好的享受吧。

周汉新，深圳一家名气极大的医院院长，也是摄影大咖。

他游览东江湖后，跟朋友介绍道：“当地的‘淡水三文鱼’因现捕现杀无需冰冻，一鱼多吃，口感极佳。在柑橘收获季节满街都是摆卖的‘东江蜜橘’，且水土优质，津津香甜，入口即化。”他还吃过“杀猪粉”。他说：“当天宰杀的热乎乎的猪肉、猪小肠、猪肝、猪血、猪肺，白灼出锅，堆在米粉之上，再盖上一个荷包蛋、配根油条，肉香粉滑、鲜美可口。”

在他眼里，最美是这里的风景。正值春雨时节，湖水暴涨，大坝巨闸双启泄洪之时，湖水奔腾而下，直泄峡谷，飞散成万千水珠，形成一股巨大的雾气扑向山谷，气势磅礴，蔚然壮观。

同事黄信粼，则爱夸龙景峡谷中的瀑布。从习瀑中喷溅出来的小水珠细如烟尘，弥漫于空气之中，成了蒙蒙水雾，给山澜林木披上了一层薄薄的轻纱。而且，龙景峡谷瀑布的形态因季节而有变化，冬日水小时，它妩媚秀丽，柔柔软软往下流去；到了春夏，水量大增，于是瀑布如雄鹰般俯身冲下，巨大的声音如狂狮怒吼，甚是壮观。

他就是资兴人，老家在青腰。1928年4月14日，毛泽东率部经田坪、花塘等地，跨过资兴江，进入当时的老青腰墟。毛泽东这次来到

2018年10月13日，中国户外健身休闲大会（东江湖站）暨“雾漫小东江”国际半程马拉松赛在资兴开赛◎王胜军 摄

湘南地区，就是要接应湘南起义队伍。当晚，毛泽东留宿在农会成员谢德亮家里，与青腰农会领导人促膝长谈，并当即批准接收农会会长陈戊昌、锄奸委员欧松太、女界联合会主任樊己容3人为共产党员。第二天，毛泽东在青腰埔老黄墟场一块空坪上召开了群众大会，号召工农团结起来闹革命，为穷人打天下。

黄信粼称，青腰、龙溪及八面山一带，红军当年留下了很多革命足迹。其实，革命足迹遍布整座东江湖库区。因为有了革命故事的娓

2018年10月13日，中国户外健身休闲大会（东江湖站）暨“雾漫小东江”国际半程马拉松赛在资兴开赛，图为自行车联赛选手经过白廊环湖公路◎罗湘兴 摄

娓叙述，这一湖水才显得格外生动与深情。

其实，红得耀眼，也是东江湖一大亮点。

又遇到彭博士了，他来买东江梨。十年前，他来东江湖与我结缘，成为朋友。我印象最深的是他与友人游览东江大坝时，第一次尝到东江梨。他说，东江梨吃起来有一种清香四溢的奶油味。他加了那

个卖梨女子的微信，每年东江梨上市时，他都让对方快递十件八件东江梨。但这次他忍不住又返回东江湖。他说，坐在湖边吃梨，好像才叫享受大自然的馈赠。其实，整座东江湖，就是一颗让他难以忘怀的东江梨。

东江湖库区水花不多，但湖畔花开四季。东江湖畔看花，也早已是一大“热门项目”。仅以阳春三月为例，3月开始，素有“小南京”之誉的蓼江镇，万亩油菜花开，遍地金黄，如诗如画，如梦如仙。行走在油菜花田间，仿佛置身于黄色“花海”中。这里会举行“东江湖·蓼江春游会”活动，数万名游客慕名而来。此刻，白廊桃花也已盛开。万亩桃树，花开时，其香四溢，或漫山怒放，或临水吐芯。缘于白廊便湖旁，所以更富浪漫气息。而这时，“南国梨乡”州门司的梨花也开得正盛。花开烂漫时，满目如云似雪的梨花让人不禁想起诗句，“忽如一夜春风来，千树万树梨花开”。在我眼里，梨花却是在安静地绽放，有一种出世的风仪，不由让人想起妙玉，那双孤高清绝的眸子。这时，飞来了许多蜜蜂，嗡嗡地忙碌着，它们是要来穿上花蕊的衣裳吧。

清江橘花开也是一大盛景。郴州市摄影家协会主席段移生，一个土生土长的人。他笑道：“也不知道有多少女子因这花景爱上了拍照。”我才恍然明白，原来他队伍中的女性成员越来越多是这缘故。

东江湖，四季如画，特色截然不同。即便丈夫称夏季的东江湖更有意境，但小莉仍喜欢秋末初冬去湖边闲住几日。她丈夫是一个摄影“发烧友”，只要到了资兴，每个早上都会蹲守在小东江。“小东江，一个勾魂的地方！”小莉赞赏丈夫这句话。但在她眼里，秋末初冬是最为诗意的季节，此时的东江湖，扇状的红叶渲染出秋意，如火的枫叶满满点缀龙景峡谷的秋意。一旦是晚秋，一定要去龙景峡谷。漫步在林间小路，拾级而上，听流水潺潺，看微风温柔地描绘秋天，看龙景峡谷绚丽如一幅精美油画，山林染上层层色彩，仿佛走进了一个色彩斑斓的梦中，引人无限遐想。这是小莉的一个感受，也是一个建议。她甚至知道，此时此刻，在离东江湖不远的一个叫碑记村的地方，一棵五百年的银杏次第“绽放”，壮丽的景色染黄了天地。一步一风景，一景一陶然。“满地翻黄银杏叶，忽惊天地告成功。”

游玩东江湖后，就可来到前往碑记邂逅一场秋天童话。在风吹时，它瞬间就下起银杏雨，站在银杏树下，细细欣赏品味这一满地银杏叶。

刘建军，一个驴友，他从广东来到东江湖探访这里的“古八景”。跟他职业有关吧，他在一所百年中学教历史。他说，东江湖被赋予了丰腴的文化内涵，“古八景”便是一个令人向往的例证。他所说的“古八景”，即云盖仙亭、牛山宿雁、玉泉映月、兜率灵岩、瑶山钻晴、炉峰袅烟、回龙望日和程乡醁水。这些景点特色如何，他了如指掌。比如，清江河畔曾有一处名泉——玉泉塘，俗称“玉泉映月”，又称“玉泉夜月”，为“古八景”之一。它方广数亩，深五尺许，泉水碧绿如玉，故名。神话传说原为一寺庙，门左右有竹笋，为龙角化身，供食用，即采即长。一僧贪得无厌，龙动怒，将寺陷为深潭。后有知县罗绅赞美“玉泉夜月”，赋诗一首。这首诗刘建军也能背诵，但他更喜欢古时李端写的一诗：“一汲澄澈昼生阴，古寺何年此陆沉？花片暖浮春雨后，蛟鳞潜起碧波心。晓分玉绠千家足，冷沁银蟾五夜深。弥目大田秋万顷，等闭余润即商霖。”他说，东江湖蓄水后，此景被淹没消失。但也可从另一角度说，东江湖是一口更大的玉泉塘。

他几乎看出，东江湖便是这方主人的胸怀。他还去过程江口，他称，《徐霞客游记》中有记载：“程口西北，重岩若剖，夹立江岸，两涯纯石，盘亘错突，色间赭黑，环转一如武彝，如此四十里。”程江口属丹霞地貌，河道两岸悬崖峭壁，林木葱郁，河水清丽，风光旖旎，是一处山、水、石、滩各显奇秀的自然风景区。尤其是“白石崖”“羽光滩”“九龟下海”“猫王戏水”“蛤蟆石”“牛子地”等等景点，千姿百态，栩栩如生，让人流连忘返。

王瑶，一位颇有气质、个子高挑的年轻女子。她是“美优时代·礼仪学堂”的创始人。她开办这家机构，是被东江湖的美韵触动的结果。她说，东江湖有一种宁静、纯粹、深邃、至美的品格，与人之真善美禀赋是相通的。她经常来这湖边住几天，因为她太喜欢这里的民宿。那天，她住进了白廊的“眷宿·臻品”民宿。这间民宿房间里，呈现出一种现代简约格调。还有那清水泥建筑肌理，质朴、原始、自然，并没有用太多的颜色，也就有了一股温顺的感觉。

“结庐松林之间，闲云闭户；徙倚青林之下，花瓣沾衣。芳草盈阶，茶烟几缕；春光满眼，黄鸟一声……”王瑶从《小窗幽记》中走入东江湖畔，度几日风雅的慢生活，让她得到一种取法自然、乐活山水的境界。

记得有一句广告台词：有一种民宿，叫东江湖民宿。东江湖民宿，分为三个区域。在白廊，这里有那山那水·揽悦湾、喜言·湖隐松间、筑云·云山美地、壹息美宿，等等；在东江湾，有东江湖一号院、那一年、素沐里、朴树里、碧水清风四季，等等；在黄草镇，那里有左岸、山水居、依朵云度假山庄，等等。

很多游客就是因为迷恋东江湖民宿，便常来湖边呆上几天，或寂卧，或静思，或一履一痕地走在湖边小路上，仿佛时间已经跳出日历之外。他们说，世间没有比这更惬意的日子。

东江湖是一座人见人爱的旅游打卡胜地。因为每个人都可以在东江湖找到自己的乐趣和憧憬……

这日，我带着两位从欧洲归来的侨界友人，坐上了东江湖的游轮。这时，舱内响起了著名歌唱家张也的歌声：

东江湖上摆歌台
要想赛歌你快来
先喝一碗东江水
上下通气嗓子开
瑶家世代嗓门亮
好像那金钟碰银台
满湖欢笑满湖歌
你对我答唱开怀
…………

后 记

还是在二十年前，我来到资兴工作。

很快，东江一湖水，成了我的最爱。

“云雾茫茫湘水间，轻舟载梦泛涟漪。孤帆水影青山过，渔网一撒满江天。”诗与远方，其实就在眼前的东江湖。东江湖每一刻都有着极美的品格。尤其是白雾朦朦弥漫在山水之间，荡漾的碧水倒映着青山，一叶扁舟渐近，渔夫一撒手，金色的渔网在空中划出一道美妙的弧线，宛若一幅笔墨娴雅、浓淡相宜的山水画。

我喜欢这种意境。

经过与东江湖一段时间的相处，才明白自己喜欢这一湖之水的原因，其实是悟得一点：每一滴水都是文化的构成，历史的凝聚，生活的沉淀。

也就在那一年，我在报纸上开辟了一个属于我的“东江湖系列小小说”个人专栏。我早已被这满满一湖的传说感动了。这其中的故事，皆是一种过往的叙述，却也应该让它成为未来的回眸。在此之前，我已经很多年没写小说了。

东江湖复活了我的文学梦想。

谢谢这一方山水。

时至今日，东江湖也让我对山水有了更深刻的感触：山水之于我们，不仅是见山见水，也是心性呈现。所以才有“仁者乐山，智者乐水”一说。而且，世间有地上之山水，也有画上之山水，梦中之山水，胸中之山水。于是乎，山水成了人间的眉目，天地的文章，文人的放纵。

忽然想起《溪山行旅图》中，一队旅客走在山水中，山之巍峨，显映人之微小。置身于天地的广阔之间，那些烦恼渐渐显得微不足道。我们深信山之巍峨，水之包容，人不过是栖息于此。是呵，一山一水，都值得我们好好珍惜！

一切之悟，来之不易。

我便想更多地记录它。

终于有了这个机会，在迎接第二届湖南旅游发展大会的时刻，策划者约我写一本《东江湖传》。偿愿，真是世界上最快乐的一件事。

书的出版，我当然要谢谢中南出版传媒集团、湖南电子音像出版社、郴州市委宣传部、郴州市文联和资兴市委宣传部、资兴市文联、资兴市文旅局、东江湖风景名胜区管理处、湖南东江湖旅游发展集团有限公司、东江湖移民博物馆、五岭农耕文明博物馆等部门以及曹广文摄影工作室的全力支持。特别感谢资兴众多友人、作家和摄影师，你们提供的线索、史料、书籍和照片给了我极大的帮助。感谢张泉森、曾散和尹梦娜在确保这本书策划、创作与出版过程中所作的努力。其实从某一角度讲，你们才是这本书的真正创作者。

郴州山水，绿色传奇。山水画卷，郴州相见。

这时我应该相信，每一位翻开这本书的友人，都会发现，书中每一个文字，皆是湖中一滴水、岸边一抹绿化成的。

图书在版编目（CIP）数据

东江湖传 / 王琼华著 . -- 长沙 : 湖南电子音像出版社，2023.9

ISBN 978-7-83004-485-5

Ⅰ . ①东… Ⅱ . ①王… Ⅲ . ①纪实文学－中国－当代 Ⅳ . ① I25

中国国家版本馆 CIP 数据核字（2023）第 157715 号

东江湖传 *DONGJIANGHU ZHUAN*

著　　者：王琼华　　责任编辑：尹梦娜 曾 散
出 版 人：黄永华　　特邀编辑：张泉森
总 策 划：贺永祥　　技术编辑：王 枢
出版统筹：曾 散　　装帧设计：杨发凯

出　　版：湖南电子音像出版社
网　　址：www.kuaidianting.com
地　　址：长沙市营盘东路 3 号
邮　　编：410005
经　　销：湖南省新华书店
印　　刷：湖南天闻新华印务有限公司
印　　数：5000
开　　本：710mm*1000mm　1/16
印　　张：19.25
字　　数：180 千字
版　　次：2023 年 9 月第 1 版
印　　次：2023 年 9 月第 1 次印刷
书　　号：ISBN 978-7-83004-485-5
定　　价：78.00 元